新潮文庫

ニューノーマル・サマー

椎名寅生著

CONTENTS

登場人物

潮《しお》見《み》康《こう》介《すけ》（21）　通称・しおみん。役者兼脚本担当。大学三年。単位がやばい。

美《み》木《き》沙《さ》里《り》英《え》（19）　通称・サリエロ。自称・美少女看板女優。バイト暮らし。悪目立ちしがち。

中崎《なかざき》百合《ゆり》（22）　役者。顔が良い。あざかわも使いこなす。大学四年。激辛好き。

紺《こん》野《の》幸《こう》太《た》（20）　通称・コンタ。役者。居酒屋バイト。バカの宝石箱。

藤《ふじ》原《わら》拓《たく》郎《ろう》（24）　通称・藤。役者。筋肉担当、アクションが得意。巷で話題の配達バイト。

浜《はま》田《だ》秀《ひで》彦《ひこ》（25）　通称・浜ちゃん。役者。劇団のＩＴ大臣。在宅勤務。メガネ。

坂《さか》道《みち》宏《ひろし》（28）　通称・ヒロさん。役者。メンバー最年長。失業中。お茶目。

花《はな》輪《わ》栄《えい》二《じ》（26）　劇団の主宰、演出。派遣バイト。ゆかいな仲間たちを束ねるリーダー。

NEW NORMAL SUMMER

ニューノーマル・サマー

舞台に照明が当たっている。

役者がその光のなかに立っている。

この二ヵ月半、長い時間を共に過ごした仲間の演技を、進行する芝居を見つめる。

衣裳《いしょう》姿で舞台袖《そで》の薄暗闇《うすくらやみ》に控える俺のそばには、ひとりの女が立っている。十九歳の共演者。

金の縫い取りがある緋色《ひいろ》の絹地《ブロケード》で縫製されたミニ丈のコスチュームを身につけた細い身体《からだ》は、照明に映える。氷上を華麗に滑るこの女の姿を、これから俺は目《ま》の当たりにさせられる。この劇場の誰よりも、どの観客よりも近い場所で。

次は俺達の出番だ。

獲物を仕留める、その跳び出す隙《すき》を窺《うかが》う一匹の獣のような心持で舞台上を見つめる。

と、ふいに、そばに立つ女が俺を見る。

微《かす》かに不可解なものがよぎる表情で女はこちらの顔をまともに見て、手を伸ばすと、俺の鼻下を親指の腹で乱暴にぐいと拭《ぬぐ》う。

鼻血だ、と目の前の相手に拭われてから、それに気づく。

唇に向かって細く伝い流れた一筋のアドレッセンス。暗い赤。

薄暗闇で待機する俺から滴《したた》るその無意識の昂《たか》まりを拭った女は、もう俺のほうを見ない。出るタイミングだ。照明の下へ、舞台の上へ。

芝居は止まらない。一旦《いったん》、幕が上がれば、何があってもそれは最後まで止めてはならない。

俺達は同時に足を踏み出す。

練習を積み重ねた一組のペアが揃《そろ》ってステップを刻むように、袖に下がってきた仲間と入れ替わりに明るい場所へ出ていく。

上手《かみて》から登場し、舞台に立つ。

劇場の舞台に立ち、照明を浴び、女とふたりきり、客席を前にする。

——客席には、誰もいない。

観客はただのひとりも、その影すら見当たらなかった。

I.

YOU ARE (NOT) STAYING HOME

1

「密《みつ》です」

マスクをつけた女がテーブルのそばに立つと、席についている俺達を見下ろし、警告を与える。

ひとつのテーブルを七人で囲んでいる俺達を無表情に見下ろす、クッピーラムネのリスみたいなキャラクターがでかでかとプリントされたサブカル臭全開の濃い水色のマスクをしている若い女に、

「おまえそれ言いたいだけだろ」

と、すでにそれなりにアルコールが入っている目つきの藤《ふじ》がつっこみをいれると、

「もう散々こすられまくった流行ワードを言いたくなる、そんなときってありませんか？　わたしはあります」

蜂蜜色《はちみついろ》の長い髪の女は平然とそう応《こた》えて、するっとテーブル席の端に腰を下ろす。

本来が何人がけのテーブルなのかは知らないが、それを八人で囲む恰好《かっこう》になった。肩

や、そでがこすると触れ合う、「密」の条件を満たしまくっている距離感だが、八人目の客、サリエロの注文をあらためて取りにきた店員も何も言わない。店内は満席の盛況でほかに空いているテーブルがないからだ。

二〇二〇年五月三十日。緊急事態宣言解除後、はじめての週末。

二ヵ月近くにわたる長い自粛期間明けということで居酒屋の店内は賑《にぎ》わっていた。自由に飲み食いし、喋《しゃべ》る。その光景だけ見ると、まるでコロナ以前の日常に戻ったように思える。

だが無論、社会は元通りに戻ったわけではない。それ以前の世界とは、少なからず変わってしまった。

ふざけた絵柄のマスクを外したサリエロも、その差異にすぐさま目をとめると、そこを指摘する。

「なんでフェイスシールドつけたまま食べてんの」

斜め向かいにすわっている、フェイスシールドの内側にかなり無理くり窮屈そうに箸《はし》を運んで豚の角煮を食っている浜《はま》ちゃんにサリエロが言うと、

「感染症対策の最新エビデンスに基づく知見だ。危機意識の低いバカの対面《トイメン》だから尚更《なおさら》な」

黒ぶちシャレオツめがねをかけた浜ちゃんが、自分の真向かいにすわっているコンタ

を冷ややかに眺めながら応える。

するとすぐさまコンタがそれに反論する。

「えっ、おれ、めちゃめちゃ意識高いんだけど！　自粛中はちゃんとデリヘルだけでステイホームしてたし！」

コース料金も大幅自粛中でかなりお得だった、といきなり風俗の話を始めて真性のバカを露呈するコンタ。

酔ってでかい声で浜ちゃんのフェイスシールドにつばをとばす、サリエロの次に若い二十歳のコンタに、

「ごめん、わたしが百《ひやく》間違ってた。会うのがひさしぶりでコンタがパンデミック級のバカなのを完全に失念してた」

ウエストを細い革のベルトで締めるミニのワンピース姿のサリエロが謝罪して、賢い浜ちゃんはそれに無言でうなずく。

店に入ってきたとき、俺達八人のなかで唯一《ゆいいつ》マスクをしてなかったのがコンタだった。普段も一切マスクをしていないらしい。コロナを完全に舐《な》めきっている。

ただまあ、そんな人間と同じテーブルを至近距離で囲んでいてもそこまで気にしていないのは俺達全員に共通していた。八人全員が十代と二十代。もしコロナに感染したとしても重症化する可能性は低いという、その油断や甘えはやはりある。

「サリエロ、痩《や》せた？　自粛ダイエット？」

注文したレモンサワーを飲み始めたサリエロに、緑茶ハイのジョッキを軽く揺らし酒と氷を溶け合わせながら百合《ゆり》がたずねる。

「え、べつに変わってないけど。わたし常にベスト体重キープしてるし。ええ、だってそれが我ら『不死隊《ふしたい》』美少女看板女優として当然の務め――」

後半の定番の小ボケにはいまさら誰もつっこまない。俺達のなかで唯一の未成年、十九歳のサリエロが美味《うま》そうにレモンサワーを飲むのを咎《とが》め立てる者もいない。

「痩せたように見えんの、たぶんちょっと焼けたからかな、チラシ配りのバイトのせいで。日焼け止めバチクソ塗ってんだけどさあ」

「こまめに塗り直さないとダメだよ」

「やってますー。クソみたいな集合ポストにチラシ投げ入れる合間にやってますー」

「じゃあなんで焼けてるんですかー」

サリエロと百合、女ふたりのやりとりを残り六人の男たちはどうでもよさげに眺め、飲み食いする。

サリエロのバイトしていた店がコロナの影響でつぶれたというのは「バイト先がつぶれました（嘔吐《おうと》する顔文字）」というツイートで知っていたが、その後チラシ配りのバイトを新たに始めたことまでは知らなかった。普段はそこまで頻繁に連絡を取り合っているわけでもないので、劇団としての活動も休止せざるを得なかったこの自粛期間中にメンバーがどのような生活を送っていたのかは知らない部分も多かった。

実家からの仕送りがある身分の学生は俺と百合だけで、他の六人は全員、堅い勤めをしているわけではないフリーターかそれに近い仕事なので何かしらバイトをしないと食っていけない。

「藤はまだやってるのか。ウーバーイーツ」

「おう。ガソリン代節約と筋トレがてら、バイク使わずチャリオンリーでやってる」

浜ちゃんがきいて、真黒に焼けている短髪ツーブロック、見た目も性格も体育会系の藤がそれにこたえる。藤もバイト先が臨時休業からそのままつぶれて、今の仕事を始めたのだ。

「え、藤、ウーバーイーツ？　マジで？　ウケる。流行《はや》りにのっかりすぎでしょ」

初耳らしいサリエロが笑う。

「ウーバーイーツしてる男なんてわたし絶対付き合いたくないんだけど。え、なに、あの黒い四角いリュック背負ってチャリこいでんの？　めちゃめちゃウケる」

「今度おまえんちの玄関前にほかほかのうんこ配達して帰るわ」

職業差別まるだしのサリエロを、ジョッキ片手に藤が睨《にら》みつけ、「置き配だ」と百合が笑う。

劇団メンバー八人全員で集まったのは二ヵ月ぶりなので話題が尽きない。まあ普段から騒がしく、静かになる瞬間などないに等しいのだが。

そして口を開けば、

「おまえら自粛中、なにしてた？」

まあ大体、そんな話になる。

話を振る藤に、まず百合が答える。

「わたしは料理かな。自炊に凝ってる。最近はヒマラヤ岩塩をミルで挽《ひ》いてサラダにかけるのにハマってる」

「それは〈料理〉なのか？」

おしゃれくさいことを言ってるが生野菜に塩をかけただけで大したものではないだろうと、疑義を呈する浜ちゃんに、「れっきとした料理です。現役ＪＤのプレミア手料理です」と百合が堂々と主張する。

「ＪＤも四年目ともなるとな……」

「あとは察してくれ」

大学四年生の百合に浜ちゃんや藤から厳しい意見が寄せられる。

「花輪《はなわ》っちは？　なにしてた？」

劇団の主宰、俺達八人のリーダーである花輪にコンタがたずねる。

普段なにをしているのかプライベートが割と謎《なぞ》な花輪がそれにこたえる。

「俺か？　俺はペーパークラフトのサグラダファミリアを組み立ててた。水車と回転木馬の3Dパズルも作った。あと競技用のルービックキューブを買ってひたすらタイム短縮に勤《いそ》しんだな」

「虚無……」

「すべて知育玩具《がんぐ》のカテゴリでは？」

めちゃくちゃパーツが細かそうなダンボール製の大聖堂の写真をスマホで見せてくる花輪に、女ふたり、百合とサリエロがそれぞれ興味ゼロの視線を送る。

「俺は色々な劇団や劇場の舞台公演の動画を片っ端から見てたな。自粛期間限定でレアなやつが結構、無料公開とか配信されてたからな」

俺達の中でも一番芝居に詳しくて勉強熱心な浜ちゃんに、「マジメかよー」「さすハマ（さすが浜ちゃんの略）」とコンタや藤から合の手が入る。

不死隊の過去の公演動画をいくつか期間限定で上げてみようかと、俺達も自粛中の早い時期に一度軽く話をしたことはあった。結局面倒になってやらなかったのだが。日々更新されるコロナ関連のニュースや情報にどこかそわそわして、落ち着かず、他のことをあまり考えられない気分だったというのもあるかもしれない。

「動画といえば」

と、そこでサリエロが言う。

「わたくし、サリエロちゃんも実は自粛期間中にＹｏｕＴｕｂｅｒデビューいたしました」

突然そんなことを得意げに言い出し、「あ？」と一同の注目を集める。

だがそれも一瞬のことで、

「まあ猫も杓子《しゃくし》も動画を上げる時代だからな」

「どうせゴミみたいな動画いくつか上げてすぐ飽きたパターンだろ、おまえのことだから」

「コメントもゼロか身内だけ、チャンネル登録二ケタとかだろ？」

期待値ゼロの反応を返す俺達。

すると、そうした反応はとうに予想済みだったらしいサリエロが、そんな俺達を鼻で嗤《わら》いとばして言う。

「わたしの戦闘力は二万です」

ドヤ顔にもほどがあるサリエロを、「はァ？」と俺達は見返しながら、戦闘力二万を自称する女がすっと差し出したスマホに全員で顔を寄せる。するとそこには、確かに〈ミキちゃんねる〉チャンネル登録者数２・１万人の記載があった。

「えっ、マジかよ――って、あ～～～～～このパターンか！」

上げている動画一覧のサムネを一目見て、藤が声をあげる。同時に、俺達も完全に理解する。

それはゲーム実況の動画だった。若い女がちょっとエロい服装でただゲームをしているだけの動画。

タンクトップや胸の谷間がチラ見せできる露出度が高めの服でゲームをして、そのサムネで男を釣る手法だ。バカまるだしだが2・1万人の男が現に釣られている。

と、そこでコンタが悲鳴に近い声をあげる。

「えっっっ、——おれ、このオンナでヌイたことあるんだけど！」

その場の全員が「は？？？」とコンタを振り返り、それから爆笑が起きる。

「いや、だって！　これサリエロじゃなくね？　まず髪の色が全然違《ちげ》えし！」

動画の女はサムネも本編も口から下しか映しておらず、完全な顔出しはしていないようだった。

動揺と狼狽《ろうばい》を隠しきれないコンタに、

「清楚《せいそ》な黒髪ロングのほうが需要のあるジャンルだと想定されましたので、自粛中だけ黒く染め直させていただいておりました」

と、ギャルまるだしのいつもの背中まである蜂蜜色のロングヘアに完全復活している動画配信者がにこやかに微笑《ほほえ》んでこたえる。

「ミキちゃんねるって、そういうことかよ！」

「ええ、そういうことです」

美紀ちゃんとか美姫ちゃんかと思った、騙《だま》されたと喚《わめ》くコンタに、サリエロこと美木《みき》沙里英《さりえ》さんがにこやかに微笑んでこたえる。

「そういった需要も当初より当て込んで上げさせていただいておりますので、わたくしのモンハン実況動画でヌイていただいて当方まったく問題ございません」

ありよりのありです、くらいの感じにサリエロは微笑み、

「気持良くヌイていただけましたら高評価とチャンネル登録お願いします」

と、完全に広告収入目当ての女商売人のほほえみで定型文を口にする。

「わたしもサリエロに誘われて初期に一回出た」

友情出演、とゆるく巻いた黒髪セミロングをきょうは高めのポニーテールにしている百合が笑って言う。

百合とサリエロが二人でやった一月《ひとつき》近く前の回が再生数がダントツで多いようだった。

「百合のほうが一般受けするからな」

藤が冷静に圧倒的客観的事実を述べ、

「ふっ」

数字は嘘《うそ》をつかない、とテーブルの一番奥にかけている男も渋い笑みを見せる。

「甲子園のウグイス嬢のモノマネが流石《さすが》だった」

「ゲームしながらなんか面白いことやれってサリエロがうるさいから」

浜ちゃんの言葉に、百合が笑う。

百合は全体的に、キレイめファッション誌に出てる雰囲気のある専属読者モデルといった感じで、舞台に立つ人間として本人もそこはそれなりに自信があると思われる。

「しかし、現代科学の粋を凝らした補正下着でハリウッドの特殊メイクばりにここまで無理くり寄せて上げればうちの自称・美少女看板女優様でもこれくらいの詐欺《さぎ》谷間を盛れるんだから大したもんだな」

感心したようにスマホの再生動画を眺める俺の揶揄《やゆ》に、その動画を上げた当の本人のサリエロがすっと目を細めてこちらを見る。

そして無論、目の前の女がおとなしく黙っているわけはない。

「ちょっとすいません、そこのひと。『オレ、このオンナのことはまあ大体ね……』みたいな笑みをうっすら刷《は》いた元カレ面《づら》で知った風な口きくのやめていただけませんか、風評被害も甚《はなは》だしい」

心外です告訴しますというような冷ややかな顔つきでサリエロが俺のほうに視線を据えて言う。

サリエロは昨年の一時期、何ヵ月間か俺のアパートの部屋に居候《いそうろう》していたことがある。

それまで住んでいたところを追い出され宿なしになって困っていたこいつを仕方なく俺が部屋に置いてやったのだ。

そういった立ち位置の俺が繰り出すサリエロの胸肉の質量に対しての言及やちょっとした皮肉は信憑性《しんぴょうせい》がある、だからこそ風評被害を招くという抗議だった。

「あ？　なんだ、おまえら付き合ってたのか？　居候したりさせたりからの、なしくずしにちょっと付き合って、しれっと別れて、いまに至るパターンか？」

まあべつにおまえらのことなんて興味ないがという顔つきで、花輪が俺達ふたりを見て空気も読まず単刀直入にたずねる。

「いや、いわゆる恋人同士とかお付き合いって感じで付き合ってはいねえみたいだけど、しおみがなんかサリエロに似た髪をシルバーに染めてるヤバい女とヤッたって噂《うわさ》は他の劇団のヤツから聞いたな」

当事者の俺とサリエロが何か答えるより先に、酔いの回り始めた藤が情報源の怪しい噂を口にし、

「ふっ」

サリエロと同居中だったこいつがサリエロと似た女とヤッたんならそれはサリエロとヤッたのと同義だろ、有罪確定だな、とテーブルの一番奥にかけている男が当事者の俺とサリエロが何か答えるより先にまた渋い笑みを見せ、

「付き合ってたかどうかはともかくとして、お試しで一回くらいはヤッたかもしれないよね。まあ仮に最後までヤッてなくても、寸前まではいってたり」

当事者の俺とサリエロが何か答えるより先に、百合が少し意地の悪い笑みでまぜっかえし、

「こいつらが付き合ってたかどうかなんてどうでもいいんだよ！　動物園のレッサーパンダの繁殖ニュースよりどうでもいいんだよ！　ヤッたのか、ヤッてないのか、ヤッたのなら何回ヤッたのか、それだけ教えろよ！」

当事者の俺とサリエロが何か答えるより先に、他人の性体験トークが大好きな素人童《しろうと》貞のコンタがでかい声でわめき、

「俺の統計では、『ん？　こいつら、もしかして……』という空気を醸《かも》し出している劇団員の男と女はほぼほぼヤッてると見て間違いない」

当事者の俺とサリエロが何か答えるより先に、理論派の浜ちゃんがエビデンスもクソもない根拠の不確かなデータを持ち出してくる。

ただでさえ小劇場系劇団というのは内輪でくっついたり離れたり、男女関係や性の風紀が乱れていると外部から思われがちなのだし、劇団によってはそれはあながち間違いでもない。二十歳前後の男と女が一つ屋根の下で暮らしていて何も起きないわけがない、というのもまた世間一般が考えるところであるし、一度や二度、身体の関係を持ったこ

とも――、と他人が俺達の関係を邪推したり想像するのも無理からぬことだった。

そうした世間からの、そしてメンバー全員からの視線を受けて、何かしらのリアクションを求められたところで、サリエロが口を開く。

「たしかに一時期、しおみさんのところにはご厄介になりました」

その節はお世話になりました、と感情の一切こもらない声でサリエロは言い、「でも」とそこでさらにつづける。

「風呂《ふろ》すらついてないボロアパートの六畳一間で清貧なご生活を送っていらっしゃるうちの劇作家様のお部屋で、わたくしがこの多少芝居の台本が書けるだけで他に取り立てて何の見るべきところもないトンチキ大学生とヤッたなどという事実はまったくございません。ただの一度たりとも。ほんの先っちょだけでも」

サリエロの嫌味たらしい答弁に、風呂は近所の銭湯で済ませる必要がある俺が今度は応える。

「まあ、そういうこと、こいつの言う通りで色恋沙汰《ざた》なんて何もなかった。丸めた台本を振りかざして殴り合うことなら幾度となくあったが」

俺の言葉に、ふーんという顔に全員がなり、そのあと、

「まあべつにどうでもいいが」

と、全員の感想を浜ちゃんが冷静な顔つきで集約し、皆それにうなずく。俺とサリエ

口の関係になど誰も大して興味がないのだった。ただおもしろおかしく酒の肴《さかな》、つまみの一品にされただけだったが、

「ふっ」

こいつらのくだらないいつものやりとりもひさしぶりだな、とテーブルの一番奥にかけている男が焼き鳥の串《くし》を手にまた口の端だけで渋い笑みを見せる。

目敏《めざと》いサリエロがテーブルの対角線上からそれを見逃さず、眉《まゆ》をひそめる。

「すいません。さっきから気になってたんですけど、どちら様ですか」

部外者の方ですよね、なんでわたしたちのテーブルにいるんですか、と冷ややかな視線を奥の席にすわっている男に不審げに向けるサリエロに、

「ヒロさん、バイト先がつぶれたうえに自粛太りで十キロ以上増えたらしい」

と、藤が説明してやり、

「ふっ」

最近食欲が止まらなくてな、とメンバー最年長二十八歳、無駄な脂肪を全身に貯《た》め込んだヒロさんがやや恥じらうような薄ら笑いをうかべる。明らかに肥《ふと》った上に髪もひげも無人島に漂流したみたいに伸び放題になっている。自粛期間が明けてもほとんど外出していないらしい。

「バイトなくなって、いまどうやって生活してんの」

無論、ヒロさんだと本当にわからなかったわけではないサリエロの質問に、

「三月四月にマスクの買い占め、転売で相当儲《もう》けたらしい」

一番最後に店に着いたサリエロが来る三十分前から飲み食いを始めて話を聞いていた、仕事はフリーランスのＷＥＢデザイナーをしている浜ちゃんが説明してやる。

「転売ヤーじゃん！」

こいつ社会のクズでーす、といわんばかりにサリエロが大げさに声をあげ転売屋の男をゆびさすと、

「ふっ」

金儲けは商機を逃さないのが肝心だからな、とひげヅラのヒロさんがいちごのミニパフェを食いながら何一つ悪びれることない悪い笑みを口の端にうかべる。マスクがどこの店でも品薄、売り切れになって買えなくなっていた時期にどこからか上手《うま》く調達してネットオークションやフリマアプリで大量に高値で売りさばいたのだということだった。そしてそれらネット上の不適正価格でのマスク売買に規制が入る前に売り逃げた。

そのときの蓄えがまだあるので、もうしばらくはバイトしなくても生活していけるらしい。

「おれもヒロさん手伝ってバイト代もらった」

悪事の片棒を担《かつ》いでいたらしいコンタが笑う。コンタは俺と同じ店、和風創作居酒屋

でバイトしていて、俺達の店も自粛期間中は営業時間をかなり短縮していたのでバイトのシフトが少なくなっていたのだが、そのぶんをヒロさんの手伝いでまかなっていたらしい。

と、まあ、みんな色々あったのだ。緊急事態宣言が発令された、コロナ禍まっただなか、この二ヵ月に。

それぞれが、それぞれの自粛期間を過ごした。しぶとく、我慢強く、楽天的に。

全員が十代二十代の若さとはいっても、劇団メンバー八人、ひとりも目立って体調を崩さず生活に行き詰まることもなくこうしてまた集結できたのは、それなりに喜ぶべきことかもしれない。

「宴もたけなわだが、さて、そろそろ本題に移るか」

あれこれ話し出すときりがない自粛トークも一通り一巡したところで、リーダーの花輪が場を仕切る。テーブルの上の居酒屋メニューを適当に飲み食いしていただけの二十六歳が、劇団主宰の顔になっている。

「全員にすでに連絡はしてあるが、緊急事態宣言が解除されてようやく稽古場《けいこば》の予約ができるようになったので、来週から稽古を始める」

あらためて周知する花輪の言葉に、全員がうなずく。

劇団不死隊。

年齢が上から順に、ヒロさん、花輪、浜ちゃん、藤、百合、俺、コンタ、サリエロ。メンバーが八人しかいない小劇団。小劇場界隈《かいわい》では精力的に活動している若手の劇団として多少知られていないでもないが、世間的には無名に等しい。2・5次元の舞台なんかは最近勢いも人気もあるが、小さな劇場《こや》で一公演数日間舞台に立つだけの小劇団に、あるいは演劇というエンタメや舞台芸術そのものに、世間の関心は薄いか無いも同然だ。

それでも俺達は稽古を重ね、公演を打つ。

俺達は次の公演を八月半ばに予定している。

本番まであと二ヵ月半。

それに向けてスタートを切るための、今夜はその決起集会だった。

いまの、特にこのコロナ禍のご時世、オンラインやリモートで寄り集まり、駄弁《だべ》って呑《の》むことは簡単にできるし、そちらが推奨されるのかもしれない。だがそれではやはり気合が入らない。自粛中も俺達は敢《あ》えてリモートで集うことをしなかった。小出しに発散したり安心するよりも、そのほうが爆発できる。

「潮見《しおみ》。台本はどこまでできた？」

花輪が俺に確認する。うちの最近の公演は台本をほとんどすべて俺ひとりで書いている。

「さっきまで家で書いてて、やっと前半の第一幕が一応完成した。あとで軽く見直して明日には送る」

　全二幕構成の前半に当たる第一幕が書きあがったばかりだという俺の返答に、花輪がうなずき返す。まあ許してやろうという、うなずき具合だ。執筆状況を最初のころは一応報告していたのだが、徐々に進行に遅れが出てきて、指定された期日までに間に合うかが怪しくなりはじめたあたりから俺は極力気配を消すようになり、花輪からの確認や催促の連絡にも一切応じなくなった――という、それはいつものパターンなので、花輪のほうももう慣れている。最終的に間に合えば、そして台本のクオリティが自分の眼鏡に適《かな》ってさえいればそれ以上うるさいことは言ってこない。

　まだ一行も書けていない後半部分、第二幕の台本については第一幕の稽古を始めていきながら同時進行で書いて完成させることになる。

「またぎりぎりじゃん」

「もう少し早めに台本がもらえるとラクなんだがな」

　コンタと浜ちゃんの言葉に、俺は応える。

「大学のほうが予想外に忙しくてな」

　コロナの影響で前期授業はどれもオンライン講義となっていたが、大学三年の俺はこれまでになくそれらの授業に毎日真面目《まじめ》に出席している状態だった。

「しおみん、単位全然とれてないもんね」

同じ大学に通う四年の百合がわらう。

「さすがにこのままいくと卒業がやばいんでな。心を入れ替えて毎日授業に出てる」

いままでの二年間がさぼりすぎだっただけの話ではあるのだが。バイトと芝居に明け暮れてほとんど大学に顔を出していなかった。

役者としての活動が一切できなかった、この自粛期間は、どうせ大してすることがないから逆に授業に出る気になるという、そういう意味ではちょうどよかったともいえる。

「授業に出るのはまだいいんだが対面授業ができないぶん教授らが張り切って大量に出してくる課題とレポートがな。めちゃくちゃ時間をとられる。百合は学部が違って授業がかぶってないから頼れないし、クラスやゼミの奴等とも関係が薄いしな」

結局ひとりでてんてこまいだ、といまさら今般の大学生らしい苦労を滲《にじ》ませる俺に、だがそこで目の前の女が言う。

「これまで散々学業を怠けてきたため真面目に勉強し課題に取り組む習慣や学力がろくに身に付いておらず、クラスメイトとの人間関係の構築もおろそかにしていたがゆえ困ったときに手を差し伸べてくれたり助け合える友人のひとりも身近にいない——すべて身から出たサビ、というやつではないでしょうか」

俺はすっと目を細め、目の前の高卒フリーター、蜂蜜色の長い髪の女を眺める。それから応える。

「……概《おおむ》ね間違ってはいないが、赤の他人のおまえに言われると不愉快だな」

にこやかに微笑む女とのあいだに、火花が散る。

俺達の静かな嫌味のぶつけあいも、しかし他のメンバーは慣れっこなので皆完全にスルーして次の舞台について話し合う。

「でもオリンピックも延期になっちゃったからね」

「せっかく時期を合わせて劇場おさえたのにな」

百合と藤の言葉に、他のメンバーも、うんうん、とうなずいたり、ああ、といくぶん複雑な面持ちを見せる。

俺達の次回公演はオリンピックを題材にした作品なのだ。

二〇二〇年夏に開催されるはずだった東京五輪。

まさかそれがコロナウイルスの世界的流行によって来年に延期になるだなんて、今年に入るまでは誰にも予想できなかったに違いない。

ちょうど五輪開催期間中にオリンピックネタの公演をぶつける腹づもりでいた俺達の目論見は見事に外れてしまった形なのだが、

「まあ、延期になり今年行われなかったのを逆手にとって上手くネタにする方法も全然アリだからな」

むしろそれこそが演劇の本分といえるだろ、と浜ちゃんが冷静に狙《ねら》いどころを分析する。さすハマ（さすがわかってるメガネの略）、と全員から声があがる。

「しおみん、そういうとこだけは抜け目なくてちゃっかりしてるから今回の台本もそのへんバチクソ三回転半ひねりキメて着ピタしてくるって絶対！」

台本をまだ一行も読んでないコンタが無責任にやたらハードルをあげてくる。

「ふっ」

オレはぐだぐだでトンチキな台本も意外と好物だがな、とヒロさんがゲテ物料理が出てきたときの保険をかけてくれる。

それらメンバーの視線とそれなりの期待を、俺は曖昧《あいまい》な薄笑いでかわす。自分の台本の出来は、書いた自分が一番よくわかっている。

単純に、今年開催されなかったオリンピックを逆手に取ってそれなりに着地させる脚本にするというだけであるなら、まだそこまで難しくはないのだが、話はそう簡単ではない。自粛中もそうだったが今現在もコロナ関連の状況は刻一刻とめまぐるしく移り変わる。毎日のように新しいニュースが出て、世界規模で情勢が変わる。時局とかけ離れてしまったりネタに新鮮味がなくなってしまうと客席が白けてしまいかねない。

自分が書いた脚本の評価を最終的に下すのは他人であり、舞台を見に来た観客だ。俺がいまこの場で得意になるものでも謙遜《けんそん》、卑下するものでもない。

俺のそういった考えや表情を読んで、

「まあ乞《こ》う御期待というところかな、潮見先生」

役者はやらずに舞台の演出をすべて手がける花輪が人の悪い笑みで圧をかけてくる。

自信のないものを客に出したり食わせる趣味はない。俺のその意地やこだわりを花輪はよく知っているし、その点については演出家として舞台を仕切る劇団代表の花輪もまったく同じ考えだ。

だからメンバーの前で台本の前半が完成したと俺が言えば、それは客に見せられる台本の前半が完成したということなのだし、後半もすでに構想や展開はあらかた頭のなかにあっていずれ完成させられる自信があるということで、それであれば花輪は俺達七人の役者を率いて二ヵ月半後の本番までに舞台を完璧《かんぺき》に仕上げてみせると、そういう話だった。花輪栄二の演出手腕に惹《ひ》かれて、俺達は全員、若い主宰が立ち上げたこの不死隊に加入したのだ。

この数ヵ月で演劇人を取り巻く環境はまったく変わってしまった。劇場という密閉空間。役者と観客の距離の近さ。感染リスクの高い、不要不急の芸術文化もしくはただの娯楽。全国の演劇公演が次々と中止になり、自粛休業。大手の劇団はかなりの苦境に追い込まれているし、小劇団で活動する俺達にも影響は少なくない。世界がこんなことになるなんて予想もしていなかった。

だが、だからこそ。

今度の舞台では。

その思いが、俺達全員にはある。

だから今夜、一人も欠けずにこの場に集まった。あらためてその意志を皆、無言のなかに確かめる。

「よっしゃ、やるかー！」

藤が気炎をあげる。それに皆がうなずく。

全員の気合が高まったところで、サリエロが言う。

「ちなみに、今回の舞台の宣伝や広報に関しては戦闘力二万のわたくしのチャンネルが全面協力させていただくのも吝《やぶさ》かではありません」

得意げな顔でほざく十九歳の戯言《ざれごと》は全員スルーした。

2

劇団不死隊・2020東京オリンピック開催延期記念公演『氷上のワルツ』

◇配役

李 美芳《リー・メイファン》　美木沙里英
立花《たちばな》オリエ　中崎百合
マリア・デラクルス　藤原拓郎
カーマ・スートラ　坂道宏
コーチ　潮見康介
解説者　浜田秀彦
実況アナ　紺野幸太

作　潮見康介
演出　花輪栄二

第一幕・第一場

練習場スケートリンクにあるインタビュースペース。
舞台中央に椅子《いす》が三脚。メイファンは練習着のジャージ姿ですでに椅子にかけている。そのやや後方に控えるように椅子にかけたコーチ。残りの一脚は空いている。最初は舞台全体は暗く、椅子三脚に照明は当たっていない。下手《しもて》から登場する実況アナにのみスポット照明。

実況アナ　（下手から登場。椅子のところへ行く前に立ち止まり、テレビカメラに向かって話すように客席に向き直り）さあ、いよいよ明後日から開幕となりますサイタマ・オリンピック！　各国代表団、選手もう続々と現地入りし調整を行っていまして、まもなく熱い激闘の火蓋《ひぶた》が切られる、その緊張感そして昂揚感《こうようかん》がこちらにもひしひしと伝わってまいります！　今回のオリンピックでは果たしてどのような感動の瞬間、栄光の舞台が選手たちを、そしてそれを見守る私たちを待ち受けているのでしょうか、今から楽しみでなりません！
さて、わたくし、本日は今回のサイタマ五輪では後半の日程に予定されているバトルフィギュアスケートの練習場スケートリンクに来ています！　二十年前より五輪正式種目に採用され、もうすっかり夏のオリンピックの風物詩となった感も強い人気競技のバトルフィギュアですが、きょうはその女子バトルフィギュアの金メダル候補として注目されています中国代表・十六歳の李　美　芳《リー・メイファン》選手のインタビューにやってまいりました！　先ほど練習を終えたばかりという、日本でも大人気の李選手にこれからいろいろとお聞きしていきたいと思います！　では参りましょう！

実況アナ　（椅子の近くまで行ったところで舞台全体に照明がつく。メイファンの前に立ち一礼）テレビ凍凶《とうきょう》の佐々木と申します、よろしくお願いいたします！

メイファン　（無表情）你好《ニーハオ》。

実況アナ　（椅子にかけ）きょうは練習でお疲れのところお時間いただきありがとうございます！

メイファン　構わないアル。

実況アナ　いよいよ明後日から始まる大会本番に向けての意気込みをきょうはいろい

ろとお聞きしたいと思います！　先ほどもリンクで練習されていましたが、まずは現在の調子はいかがでしょうか。

メイファン　絶好調アル。

実況アナ　おっ、絶好調ですかー！　準備万端、バッチリですか！

メイファン　いつもと変わらないアル。わたしは不調になったことがないアル。不調というものを知りたいくらいアル。

実況アナ　あはは、さすがですねー！　そのいつも強気《ポジティブ》な発言が世界中から注目を浴びて日本でも大人気の李選手ですが、それはやはり結果を出し続けてこられたことからくる自信なのでしょうか。

メイファン　わたしはデビューしてから、ジュニアの大会でもシニアに上がってからもこれまで公式戦で一度も負けたことがないアル。

実況アナ　はい、昨年はグランプリファイナル、そして世界選手権でも圧倒的強さで見事優勝を果たした、まさに「無敗のプリンセス」の異名を誇る、今大会でも金メダル候補の大本命と目される李選手ですが、ずばり、金メダルを取る自信のほどは？

メイファン　わたしが金を取らない理由が見つからないアル。金以外はメダルじゃないアル。ごみアル。

実況アナ　順当に進めば準決勝で前回大会の銀メダリスト、〈メキシコの赤い彗星《すいせい》〉マリア・デラクルス選手と当たります。

メイファン　あんなゴリラ、眼中にないアル。わたしの4回転アクセルで秒殺アル。

実況アナ　そしてさらに順当に進めば決勝戦で前回、前々回大会を二連覇しているバトルフィギュアの女王・立花オリエ選手と当たります。立花選手は前回大会後、怪我《けが》や故障に悩まされ、この二年間、公式戦は昨年の日本選手権ただ一度しか出場していませんので、もし決勝で当たれば初の直接対決となりますが——？

メイファン　オリエはもう二十四。おばさんアル。オリンピック三連覇のためだけにいつまでも現役にしがみついて見苦しいアル。わたしが4回転アクセルで引導を渡してあげるアル。

実況アナ　立花選手もいまの李選手の敵ではない、と——？

メイファン　確かにオリエは強かったアル。わたしも子どものころ憧《あこが》れたアル。でももう今は四回転すら降りられないおばさんアル。日本選手権でも三回転のコンビネーションしか入れてなかったアル。それではわたしに勝てないアル。

実況アナ　なるほど。よくわかりました。ところで話は変わりますが、今回のサイタマ五輪は今年初めから世界的大流行を見せたトロロウイルスの影響で一時

メイファン　期、翌年への開催延期も囁《ささや》かれました。結果としては予定通り無事明後日からの開幕の運びとなったわけですが、しかしトロロウイルスの脅威は依然として去ってはいないという状況が続いており、この時期の開催についての批判も一部からは根強く出ています。その点についてはどのようにお考えでしょうか。

メイファン　開催延期なんて馬鹿げてるアル。トロロウイルスは感染しても重症化する可能性が高いのは処女と童貞だけアル。処女と童貞のオリンピック選手なんていないアル。

実況アナ　えっ。（少し驚いて十六歳のメイファンを見る）

コーチ　（軽く注意するように）メイファン——。

メイファン　（平然と、悪びれず）失言アル。取り消すアル。処女や童貞の選手もいるかもしれないアル。でも最悪、無観客試合にすればいいだけアル。そうすれば選手も観客も心配ないアル。

実況アナ　で、ですよねっ、あははっ。（あわてて話題を逸《そ》らすように）と、ところで李選手は今回が二度目の来日となりますが好きな日本食などはありますか？

メイファン　サイゼリヤの辛味チキンが好きアル。

コーチ　（苦笑）サイゼリヤは和食じゃないだろう。
メイファン　知らないアル。日本で食べて一番おいしかったのはサイゼリヤアル。
実況アナ　お、おいしいですよねー！　私も好きです、辛味チキン。――さて、そろそろお時間がきてしまいましたが、最後に、あらためて今回のオリンピックへの意気込みをお願いします。
メイファン　（姿勢を正し、毅然《きぜん》と）わたしは中国武術四千年の歴史を背負ってこのサイタマに来たアル。だからわたしは負けないアル。わたしはオリエを倒し、金メダルを取るアル。――わたし以外に誰もできない、4回転アクセルで。
実況アナ　ありがとうございました。
メイファン　謝謝《シェシェ》。（暗転）

「――バトルフィギュア、とは？」

　俺が書いた台本をうるさい音を立てながら一ページずつ吐き出す安物のプリンターの横で、とりあえず最初のシーンにだけ目を通したサリエロが冷ややかな声で問いかける。

　畳にあぐらをかいてちゃぶ台の前で昼メシの焼きそばを食いながら、俺はそれに答える。

「舞台映えするアクションシーンが欲しいって主宰からの要望でな。コロナの雲行きがまったく読めない状況だし、凝ったセットや大道具は今回はあまり作らずにそのぶん役者の派手な動きで見せたいらしい」

またいつ緊急事態宣言や自粛要請が発動されて活動自粛モードに突入しないとも限らない。八月に公演が百パーセント確実に打てる保証など、どこにもない。

「役者同士が密になりやすいアクションシーンはむしろ避けるべきって批判のほうが出そうだけど」

「そこもまあ演出で上手く処理するつもりらしい」

ふーん、と疑い半分の目でサリエロはこちらを見て、

「オリンピックものと聞いて、何年か前に野田《のだ》秀樹《ひでき》がやったやつみたいなのを想像したわたしが馬鹿でした」

「おまえ、あれ観《み》たのか」

「直接舞台は観に行ってないけど。再演したやつかな、をEテレでやってたのを見た」

まあ、あれも架空の競技だったけど、とプリンターに用紙を継ぎ足しながらサリエロ。

「これ、紙とインク足りる？　何人分だっけ」

「おまえ、コンタ、ヒロさん、藤――四人だな。足りなそうだったら藤に買ってこさせる。ウーバーイーツのついでに昼に寄るって言ってたからな」

花輪と百合と浜ちゃんは自分で印刷すると言ってきたので台本のデータだけ送って、あとの四人分を今こうして俺の部屋のプリンターでせっせと印刷しているわけだった。コンタと藤はプリンターどころかパソコンも持っていないし、いまどきはネットプリントでコンビニでも簡単に印刷できるがあいつらは面倒がってそれもしない。

そして台本は早く欲しいがコンビニでの数百円やそこらの印刷代を惜しんで俺の部屋まで来るこいつのような女もいる。

「かすれたり、逆にインクが滲んだり、あんたのプリンター、どうもいつもバシッと印刷できなくない？　あと、やたら遅いし」

「文句があるんなら自分の家で印刷しろ」

「わたしのプリンターちゃんはコロナでお亡《な》くなりになりました」

「雑に扱って紙詰まりや何かで毎年のようにぶっ壊して買い替えてるのはコロナとは一ミリも関係ない事象だと思うが」

「いや、今回はわたしじゃないし。逃げるゴキブリをみひろが叩《たた》き潰《つぶ》したときにプリンターちゃんが巻き添えに――」

最後までは言わず瞑目《めいもく》し黙禱《もくとう》を捧《ささ》げる真似《まね》をするサリエロ。一時期この部屋に居候《いそうろう》していたこいつは、いまはみひろという同い年の新人女子プロレスラーとルームシェアをしている。こざっぱりしたマンションは比較的俺の近所だった。

俺のふとももくらいあるみひろの強靭《きょうじん》な二の腕を思い起こしていると、「それにしても」とサリエロが台本の内容に話を戻して言う。

「令和の時代にもなって語尾がアルのチャイナ娘とか、もう一体、何番煎《せん》じなのでしょうか」

「語尾がアルのチャイナ娘は日本の伝統芸能だからな」

二ヵ月後にそのチャイナ娘を本番の舞台で演じることになる主演女優の、まあごもっともな指摘に、それもどこ吹く風、平然と俺は応《こた》える。

「メイファンちゃん、オリエ戦での大苦戦フラグ立ちすぎでしょ」

去年でブームが終わったはずのコンビニのタピオカミルクティーをちゃぶ台から取り上げてストローをくわえてすするサリエロに、さあどうかなという無言の薄笑いのみで俺は応じる。最初のシーンを読んだだけだがまあ悪くはない出だしだと、サリエロがそう思っているのがわかったし、この狭い六畳一間の古アパートの俺の部屋で芝居の台本についてこいつとこうやって話しているのが、なにか少し懐《なつ》かしいような気分にもなった。こいつがこの部屋に居候していた半年間ほどは、これが日常だった。

ベランダなんてものも無論ない六月初めの窓の外は、きょうもめちゃくちゃ良く晴れている。

「あと、『氷上のワルツ』ってタイトルが地味。変えろって絶対、花輪から言われると思う」

「まあ言われたら変えればいいだけだからな、『メイファンちゃん花びら大回転』とかに」

「ストリップ小屋と勘違いしたオッサン来るからやめて」

下ネタやめてください幻滅しましたファンやめます、と冷ややかな顔でサリエロ。

「きょうはチラシ配りないのか」

「ない。きょうはこれから百合とローラーブレード買いに行く予定」

バイトの有無をたずねる俺に、薄黄に白い水仙のでかい柄入りのひらひらしたブラウスと細い腿《もも》をむきだしのショーパンという場末のキャバ嬢のオフの日みたいな恰好《かっこう》のサリエロが答える。ちゃぶ台を間に挟んだだけの六畳間での会話にはソーシャルディスタンスもクソもない。

「どうせこのあと会うんだったら百合に印刷してもらえばよかっただろ」

「言ったけど。紙とインクが自分のぶんしかなさそうだからあんたのとこでやってもらって、って言われた」

そうじゃなきゃわざわざあなたのところに来ませんけど、とサリエロ。

それから、肩をすくめて言う。

「朝、花輪からいきなり、ローラーブレード買ってこい、あと最低限すべれるように練習しとけって連絡きたから、『は?』って思ったら、これだから」

バトルフィギュアはフィギュアスケートの格闘技版という設定の競技だが、さすがに芝居の舞台上にアイスリンクを作るわけにはいかないので、ローラーブレードにスケート靴ふうの装飾を施してスケートをすべっているように見せる算段だった。

「とかいって、どうせおまえのことだから、そのローラーブレードの練習風景の動画や何かをまた自分のチャンネルに上げたりするつもりだろ」

「それも吝かではありません」

動画配信者《YouTuber》がにこやかに微笑《ほほえ》む。また胸の谷間でも多少強調したあざとい恰好で練習動画を上げれば再生数が稼げると胸算用しているのだろう。

「フィギュアだったら柔軟も気合いれないといけないしね。絶対、花輪から無茶な足上げポーズの指定とか来るだろうし」

もうわたしわかってますから、という顔でサリエロ。

様々な演技や動きを要求される役者にもとより柔軟やストレッチは稽古《けいこ》の際も必須《ひっす》だが、役者としてどんな演技指定が来てもこなせるようにサリエロは普段からそこは余念がなく、きっちりやっている。芝居に関してだけは真面目で一切手を抜かない。サリエロは身体《からだ》が柔らかいので股割《またわ》りくらいは余裕でできる。演劇は身体芸術でもある。

しかしそれでも本物のフィギュアスケート選手の体幹というのは並大抵のものではな

いし、舞台上で観客にそれらしく見せるためには普段の芝居よりもっと高い次元の柔軟性が要求されるだろう。

加えて、ローラーブレードを使いこなすための練習も必要だ。

「忙しいったらありゃしない」

やることが多い、という決して不満げではない顔つきをサリエロは見せる。どんな難ポーズやアクションの指定が来てもこなしてみせるという主演女優の気概が、十九歳のその細い身体には満ちている。稽古がまもなく始まるこの時期、全身をめぐる血液にそれが浸透し満ちていく感覚。

「撮影と編集もこまめにしないといけないし。人気動画配信者として」

戦闘力二万を誇る女が言う。

こいつが言う撮影と編集というのはもちろん、俺達の芝居とはまったく関係のない、多少エロい恰好でゲーム実況を行う個人活動のほうである。

「まあしばらくゲーム実況はおあずけにして、別の動画で凌《しの》ぐ方向かな。それこそローラーブレードとか、あと昨日上げた、百合と二人で撮った『女ふたりが本気のストレッチしてみた』みたいな」

「ああ、見たわ。顔に半分モザイクかけてあるアレな」

「おかげさまで好評をいただきまして戦闘力が２・２万に増えました」

味をしめた顔つきの動画配信者がにこやかに微笑んでこたえる。

「しおみさんも楽しんでいただけましたら高評価とチャンネル登録お願いします」

うざい定型文をにこやかに入れてくる。

無論、俺は高評価も入れていないしチャンネル登録もしていない。

プリンターが印刷を終えて、静まる。

「あ、ギリいけたみたい」

残っていた紙とインクだけで、なんとか四人分全部印刷できたらしい。

「世界はそういうふうにできてんだよ」

「なにをエラそうに」

サリエロが鼻だけで笑い、俺が昼メシを食っている横で印刷したものを手早く四つに分け、製本テープで綴《と》じる。台本の出来上がり。

「さーて、じゃ、きょうからメイファンちゃん大勝利の瞬間のキメ顔の練習始めっかー。羽生《はにゅう》くんのＳＥＩＭＥＩの演技ラストばりのやつ」

帰る支度をして立ち上がって、いきなりサリエロが陰陽師《おんみょうじ》風のキメポーズと顔芸をモノマネする。

「俺のユヅを茶化すのはやめてもらえないか」

「ユヅはみんなのものです。あなただけのユヅではありません」

フィギュアの知識はほぼほぼ皆無な劇団員二人の無意味な会話が交わされる。

「お邪魔しました」

畳にあぐらをかいている俺の目の前、ほんの鼻先を若い女の、ショーパンからむきだしの細い腿がよぎる。なめらかな肌。こいつがこの部屋に住んでいたときに散々、見慣れたはずのもの。

「ごみ、片付けてけ」

ちゃぶ台の上、タピオカのプラスチック容器を放置して帰んなと俺が言うと、

「わたしもうおなかいっぱいだからいいよ、飲んで♪」

一割も残ってないただの飲み残しを、ランチをシェアしがちな女子の声色を真似てほざく。

「感染リスクが叫ばれるこのご時世におまえの飲み残しなんて犬も舐《な》めないと思うが？」

さっさと棄《す》てろと、それだけ言うと、

「水曜のごみ当番はあんた」

——もうお忘れになった？　とでもいう目線だけくれて、かつての居候がかつての共同生活のルールを、マスクを耳にかけながら持ち出してくる。

そしてサリエロは帰った。

ちょっと出かけただけでまたすぐあの馬鹿が帰ってくるような錯覚に一瞬襲われるが、しかしもうそんなことは決して起きないのだった。こうして稽古や公演の準備が始まればなんだかんだであいつがこの部屋を訪れはするが、用が済めばすぐ帰っていく。あいつがここに居候していた、あの苛立《いらだ》たしい騒がしい日々は終わった、そのことが俺にはわかっていた。

畳から立ち上がり、食い終わったごみを片付ける。ついでに、あいつの飲み残しも。台所でごみを片付けていると、突然、大きな声がドアの外の廊下から聞こえた。

「すんませーん、ウーバーイーツでーす！」

藤の声だった。さすが劇団員、声が通る。

となりの部屋のドアの前に立っている様子だった。六畳間と小さな台所だけのアパートなので、距離感は手に取るようにわかる。

配達のついでに寄るとは言っていたが、偶然にも、俺のとなりの部屋から注文があったらしい。

となりの部屋の、思いっきり殴ったら俺でも突き破れそうな木製のドアが開く気配がして、

「えっ」

と、出てきた住人の少し戸惑い気味の声が聞こえた。

「千二百円になりまーす！」

「あっ、はい……」

「ちょうどお預かりします！　あざっす！」

「ご苦労さま……」

藤は淡々とメシ配達業務をこなし、ドアが閉じられる。

二秒後。

「すんませーん、ウーバーイーツでーす！」

俺の部屋のドアの前で大声がした。

ドアを開ける。

「注文していませんが」

黒の半袖《はんそで》のポロシャツに特徴的な四角いリュック――メッシュのサイドポケットに液体ムヒが入っている――を背負って立っている配達員に俺が迷惑そうな顔を作って告げると、

「おい、台本できてるか。次の注文入っててすぐ行かねえといけねえんだわ」

日に焼けた額や首筋、二の腕に小汗をかいている、割と本気で急いでいる様子で藤が言うので、俺は黙って部屋のほうへ取って返し、台本を持って戻るとそれを差し出す。

「千二百円になります」

渡しながら俺が言うと、藤は俺の胸を軽くパンチだけしてそれを受け取り、「あざっした─！」とアパートの二階の廊下をもう駆け去っていった。

ドアを閉めて部屋に戻ると、その瞬間、ちゃぶ台の上に置いたスマホから通知音が鳴った。

見ると、となりの部屋の住人からメッセージの着信だった。

『ウーバーイーツ頼んだら、あんたのとこの劇団員が配達に来たんだけど(笑)』

これはさすがに「笑」を付けざるを得ないというような、そのメッセージに返信する。

『サリエロにもイジられてたわ』

そう返すと、すぐ返信が来る。

『サリエロ(笑)コロナのせいか、ひさしぶりに聞いた気がする(笑)あの演劇ギャルもさっき来てたでしょ。もう帰った？』

『ああ』

積極的に関わり合いになりたい女ではないという、サリエロに対して以前から一貫した態度の隣人に応えると、

『三十分くらいしたら、こっち来て』

と、返信が来る。

出しっぱなしのまま帰ったプリンターを押し入れに片付け、畳にごろ寝の姿勢でスマ

ホで期間限定無料漫画を読み、三十分経《た》ったら部屋を出る。すぐとなりの部屋のドアの前に立ち、呼鈴を押すと、ドアが開く。

半分だけ開いたドアから、きっちり鼻の上までマスクをした隣人が顔をのぞかせる。そしてすかさず、非接触型体温計をマスクも何もしていない俺の咽喉元《のどもと》に突きつけるようにしてかざす。ぴ、と音がして、表示を確かめると読み上げる。

「36・2度」

合格というように軽くうなずき、警戒心と不信感を、完全に解いたわけではないがそれでもいくぶん和らげると玲恩《れおん》がドアをさらにもう少し開き、俺が中に入るのを許する。

「隣人《おとなりさん》との信頼関係とは……」

アパートの隣人氏宅に上がりながら、露骨な警戒ぶりを軽く揶揄《やゆ》する俺に、

「劇団員はクラスターの温床となる可能性があるから。信用できない」

台所から六畳間のほうに入りながら肩越しに振り返り、玲恩が冗談めかして言う。半分冗談だが半分本気の目つきだった。

「役者はもともと、そこらの奴等《やつら》より感染症対策意識の高い生き物だが」

風邪を引いたり商売道具である咽喉を痛めないようにインフルや風邪が流行《はや》っている冬場の外出時はマスクをしている役者連中のほうが多いという俺の異議に、

「それはコロナ以前の話。コロナ以降は劇団員は要警戒三密《さんみつ》指定生物に世間から認定されてる」

玲恩がぴしゃりとそう言い切る。密集・密接・密閉すべての要素を演劇の稽古や舞台は満たしていると、最近はうんざりするほど耳にする、または目に入ってくる、その批判を含む主張を玲恩も口にする。

「まあ、あんたのとこは全員若いからさ。まだいいかもしんないけど」

俺よりひとつ年下の、いつも同じパステルカラーの部屋着で畳にあぐらをかくなり早くもマスクを鼻の下までずりさげた、危機意識が中途半端《はんぱ》な玲恩がわらう。若いからいいというのもわかるようでよくわからない。

小さなローテーブルの上にはさっき藤が配達してきた昼メシの食い終わった容器と、食後のデザートらしき黒糖半生ドーナツの袋がまだそのままになっていた。食い終わるまでは要警戒三密指定生物を部屋に入れたくなかったのだろう。

すぐとなり同士に住んでいる俺たち二人の部屋の行き来は、以前はそれなりにあったりなかったりだったが、ここ最近はずっとなく、こうして顔を合わせて話すのは二ヵ月ぶりくらいのことだった。

「最近、稽古とかしてんの」

何の興味もなさそうに、ただの会話として玲恩が訊《き》く。

「八月の舞台の稽古を今週から始めるところだ」

「八月？　お客入れてできんの？　ああ、でもまあ、感染者もだいぶ減ったし、このまままうまくいけば一応できる感じか」

数ヵ月の巣ごもりを終えて巣穴から出てきた役者を見る目で玲恩が、舞台の幕が開こうが開くまいがどっちでもよさそうにどうでもよさげに言う。

実際、こいつは芝居には何の興味もない。世の中の大半の人間が、そうかもしれない。不要不急の演劇——ちょっと芸術寄りの娯楽。世間は俺達が生きる世界のことをそのようにしか見ていない。

「でもさ、自粛要請解除されたら絶対また感染者増えると思うんだよな、そのうち。そうしたらまた舞台なんてできない空気になるんじゃないの、世間様からの圧でさ」

俺達、劇団メンバーも全員が当然危惧《きぐ》しているところを玲恩が指摘する。

「まあ、そうだな」

たしかに、緊急事態宣言が出てからの二ヵ月間の自粛で一旦《いったん》、感染者数は減り、落ち着いた。だが社会が再び動き出した今、いつ大流行の第二波が来ないとも限らない。

演劇界隈《かいわい》はコロナからこっち、風当たりがきつく肩身が狭い。もしどこかの劇団や劇場でクラスターが発生すればすぐに批判の矢があちこちから飛んできて俺達もまた活動を自粛せざるを得なくなるだろう。

そうとわかっていても、俺達はこれから稽古を始め、舞台の準備に乗り出す。コロナが今後どうなるかは誰にもわからない。新型ウィルスの危機がこの世界から去るまで、ワクチンが開発され一般大衆に行き渡るまで、専門家の意見を拝聴して家でおとなしくしているのが一番賢明だとしても、そのようにじっとしていることができない。

だがそれを、いまこいつの前で語ったところで意味はない。

「おまえはどうしてたんだ、最近」

俺がたずねると、玲恩が笑う。

「訊くなよ。なんもしてないよ」

学校にも働きにも行っていない、二十歳の仕送りニートがほがらかに笑う。

玲恩はもともと、俺と同じ大学に通っていたのだが、入学して半年で中退し、その後も実家に帰るでも仕事を見つけるでもなく、きょうまでずっと、なにもせずに親からの仕送りだけで日々を安穏と暮らしている。

「黒ギャルのJKが冴《さ》えない主人公になぜか好意を寄せてくれるラノベでひと山当てるとか前に言ってたが……」

「無理。二行であきらめた。ラノベなんてサルでも書けるだろと思ってたけど意外とむずかった。台本書けるあんたへの尊敬度が五ミリ上がった」

ひきこもり系男子でも無理なくしっかり稼げる在宅ワークを試みて一瞬で諦《あきら》めたらし

い玲恩がわらう。

「ラノベで黒ギャルとの本番シーンを入れていいのかの判断がつかなかった」

「ラノベで本番は駄目だろ、さすがに」

俺もまったく詳しくはないが、玲恩もラノベに詳しいわけではない。ラノベに限らずこいつが漫画以外の本の類《たぐい》を読んでいるところを見たことがない。なのに、なぜ人はラノベを書こうと、ラノベなら書けると思ってしまうのか——。

これ以上この話題を続ける意義を見出《みいだ》せず、

「午後も授業があるから用がなければ帰らせてもらうが」

俺の部屋とまったく同じ間取りの六畳間の畳に立って言う。

「授業？　リモート？」

「ああ」

大学キャンパスは図書館などごく一部を除いてまだ閉鎖されている。

「ずっとリモートだったらおれも辞めてなかったかもしんないな、大学」

詳しくは聞いていないが何か大学での人間関係に悩んで中退したらしい玲恩がもう遠い過去のことを話すようにわらう。

リアルでのキャンパスライフを望む学生もいれば、そうでない者もいる。このコロナの流行によって大学生の生活も一変してしまったのは、もうその舞台から退場してしまった宮下《みやした》玲恩にとっては皮肉な話だった。

「入り直したらどうだ。短大に」

短大なら二年で卒業だからコロナが収束するまでぎりぎりオンライン授業だけで逃げ切れるかもしれないぞ、と冗談を言う俺に、

「あ、それいい。花の短大生になって卒業式で髪つくって袴《はかま》着て写真撮ってインスタに上げたい——って、やってねえわインスタ」

キラキラしたＳＮＳからは距離をとっている仕送りニートが、隣人としての付き合いが長いだけのことはある、さすがの呼吸で応える。

「ていうか、短大って二年しかないぶんかなり忙しいらしいじゃん」

短大、専門学校、通信制の大学、どんな形態であれ、自堕落な生活を送っているこいつには、まあ到底無理だろう。

「もういい。帰って」

追いやるように手を振って、畳に足を投げ出した格好でスマホのソシャゲ画面を立ち上げながら言う玲恩に、

「ああ、帰るわ」

何のためにここに来たのかまったくわからないまま俺が部屋を出ようとすると、

「あ、ちょっと待って」

と、玲恩が俺を呼び止める。

振り返ると、玲恩がそばにあったスーパーの袋から箱入りのマスクを取り出して立ち上がる。

「一箱五百円で一家族二箱までだったから二箱買ってきた」

きょう近所の激安スーパーで見つけたから買ってきたのだという。

五十枚入りの不織布マスクだった。まあ国産ではないだろうが五十枚五百円なら今のご時世、かなり安い。

「あんたに一箱あげるよ。おれは週一回しか外出ないから」

近所の銭湯に二日おきに風呂に行く以外は、その週に一度の外出で食料品の買いだめ等用事をすべて済ましてあとは毎日アパートの部屋にひきこもっている玲恩が俺にマスクの箱を手渡す。

春先の、どこも軒並み品切れ、売り切れ状態に比べればずいぶんマスクの供給も落ち着いてきた感はあるがそれでもやはり消耗品なので、あって困ることはないし、安ければ助かる。

もらわない理由はないので受け取り、

「俺が感染したら俺の部屋からここまでウイルスが飛んで来るからな」

隣人のささやかな親切を茶化す俺に、

「そういうこと。便所は共同だし」

コロナ以前は銭湯に行くのは一日おきだったのがいまは二日おきになったため身体が少し臭《にお》う玲恩がわらって応える。鼻の下までマスクをずりさげた中途半端に無防備な顔で笑う。

俺は自分の部屋に帰った。

帰ると、花輪からスマホにメッセージが届いていた。『氷上のワルツ』というタイトルが地味なので再考願いたい、ということだった。サリエロの先ほどの言葉を思い出す。あの馬鹿がまた鬼の首をとったように調子に乗りそうだと思った。
二、三分考えて、俺は花輪に返信した。
そして次回公演のタイトルは『4回転サイタマ』に変更、決定となった。

II.

YOU ARE (NOT) IN CLOSE CONTACT

3

第一幕・第二場

オリンピック試合会場。アイスアリーナのメインリンク。
舞台下手奥の実況席に実況アナと解説者。

実況アナ　日本の皆様、こんにちは！　熱戦が連日繰り広げられますサイタマ五輪・女子バトルフィギュアスケート、本日はいよいよこれから、ここ、さいたまスーパーアイスアリーナのメインリンクにて準決勝二試合が行われます！

解説者　楽しみですね。

実況アナ　まず第一試合が中国の李美芳《リー・メイファン》対メキシコのマリア・デラクルス、続いて第二試合が日本の立花オリエ対インドのカーマ・スートラ、この二試合となります！

解説者　どちらも目が離せません。

実況アナ　準決勝に残った四人の選手のここまでの勝ち上がり方はいかがでしょうか、解説の山木さん。

解説者　四人とも危なげのない、まず順当といっていい勝ち方をしてきていますね。

実況アナ　事前の下馬評《げば》では、きょうの試合、李選手と立花選手が勝って決勝に進むとの見方が圧倒的に強いようですが。

解説者　そうですね、李選手は相変わらずの不調知らず、無敗のプリンセスの異名通り絶好調ですし、立花選手も氷上の格闘女王の名に相応《ふさわ》しい抜群の安定感でここまで勝ち上がってきています。ですが、パワーバトルフィギュアの代表格・デラクルス選手や謎《なぞ》の新星・今大会最年少十五歳のスートラ選手も非常に調子がいいですからね。李選手や立花選手も準々決勝までのように簡単にはいかないのではないかと思います。

実況アナ　この試合に勝った二選手は銀メダル以上が確定します。

解説者　はい。でも彼女たちが見据えているのは、彼女たちが心の底から欲しいメダルの色は、ただひとつでしょうね。

実況アナ　まさに頂上決戦といった様相の準決勝二試合、果たしてこの試合を制し決勝に駒《こま》を進めるのはどの選手なのでしょうか！　全世界注目の準決勝第一試合、まもなく始まります！　――あ、来ました！　李美芳とマリア・デラクルスです！

メイファンとデラクルス、ローラーブレードですべりながら上手より登場。ぐるりと一周まわって舞台中央で止まると、ひざの屈伸をしたり背伸びをして準備運動をそれぞれ始める。

実況アナ　では、あらためて第一試合の両選手を簡単に紹介させていただきます。中国代表の李美芳は十六歳。中国武術界の秘蔵っ子とも噂《うわさ》され、国内大会をまったく経ずにいきなり中国代表として出場した世界ジュニア選手権で優勝する衝撃デビューを飾って以降、シニアに上がってからもこれまでの国際試合で全戦全勝、一度も敗北を喫したことがないという、まさに無敗のプリンセスです。女子選手ではじめて国際大会で認定された4回転アクセルの大技を得意としています。競技選手引退後はピアノのお稽古《けいこ》に通いたいそうです。

解説者　きょうもダブルお団子ヘアと緋色《ひいろ》地に金の縫い取りがあるチャイナ服の素

材感を取り入れたミニのコスチュームがとても可愛《かわい》らしいですね。

実況アナ　伝家の宝刀ともいわれる李選手の4回転アクセルですが、きょうのデラクルス戦でも入れてくるでしょうか?

解説者　間違いなく入れてくるでしょうね。出し惜しみしないのが彼女の強さであり魅力です。

実況アナ　そして相手の選手は4回転アクセルが、それが来るとわかっていても防ぐことができない。

解説者　そういうことです。

実況アナ　会場の客席からも大声援、すごい人気です。ビッグマウス連発や日本にまったく興味がない旨《むね》の発言すらも「大衆に媚《こ》びてないのがいい」「メイファンちゃん最高」と逆に人気を呼んでいるふしが見られます。

解説者　ファンサービスの類《たぐい》を一切しない塩対応っぷりも潔《いさぎよ》いですね。

実況アナ　その李選手と対戦するのがメキシコ代表、二十歳のマリア・デラクルスです。男子選手以上の筋肉量を誇り、その強靭《きょうじん》な肉体から繰り出される力業《パワーバトル》を得意としています。十六歳で五輪初出場となった前回大会では日本の立花オリエに惜しくも敗れましたが、銀メダルを獲得しています。座右の銘は「人は裏切るが、筋肉はおまえを裏切らない」。引退後はお父さ

ん の牧場を継ぎたいそうです。

解説者　前回大会以上にバルクアップしてパワーも増しています。「女子で肩にそんな筋肉つくことある？」って感じです。

実況アナ　さあ、両選手、準備運動が終わったようです。試合開始に先立ちまして、まず両選手によるじゃんけんが行われます。

メイファンとデラクルス、舞台中央で向き合って立つ。

両選手　（溜《た》めを作ったあと、気合をこめ）最初はグっ！　じゃんけん、ほいッッ！

メイファンがチョキ、デラクルスがグーを出す。
デラクルス、相手を威嚇《いかく》するようにガッツポーズ。

デラクルス　ッしゃぁぁぁぁぁッアアアアあっアアアア！

メイファン　（平然と無表情）

実況アナ　じゃんけんはデラクルス選手が勝ちました！　これにより、試合中にかけられる勝負曲をデラクルス選手が指定できることになります！　バトルフ

解説者　ィギュアにおいて、これは重要な要素ですよね、山木さん。
はい。自分が指定した曲ですべって戦うほうが当然、勝負を自分のペースやリズムに持ち込みやすくなります。デラクルス選手、これはひとつ有利になりましたね。

両選手、少し離れ、左右に分かれる。客席に向かい、それぞれの演技開始のポーズで静止。声援のSEも止み、舞台静まる。

実況アナ　サイタマ五輪・女子バトルフィギュアスケート準決勝第一試合、李美芳対マリア・デラクルス。——勝負曲はマリア・デラクルス指定、『オペラ座の怪人』。

照明が妖《あや》しい色合いに変わり、『オペラ座の怪人』の曲が始まる。同時に、二人が大きな楕円《だえん》を描くようにリンクをすべりだす。大きく一周すべり、メイファンは舞台中央で止まる。中央に立つメイファンのその周囲を、デラクルスが少し腰を落とした姿勢のバックスケーティングでゆっくりすべる。怪人《ファントム》の衣裳《いしょう》——顔の右半分を隠す仮面と漆黒のマントを身に着けたデラクルス、獲物を狙《ねら》う目と不敵な笑みでメイファンを見つめる。

実況アナ　デラクルス選手のほうが先に仕掛けそうな気配です。

解説者　李選手は相手の攻撃直後のカウンターを得意としていますし、4回転アクセルは一定の助走を必要とする大技です。おそらく、デラクルス選手の攻撃を受け止めたあとの反撃を考えているのかと思われます。

実況アナ　マリア・デラクルスは今大会、4回転・2回転・2回転の三連続ジャンプからのコンビネーションを好んで組み込んでいます。

解説者　難易度の高い、決まれば威力の高いコンビネーションです。

実況アナ　準々決勝までの試合もそのようにして——あっ、来ます！

デラクルス、メイファンの周囲をまわって正面に来たところで勢いを落とし、高らかにジャンプするポーズをとると身体《からだ》を回転させる。

デラクルス　くるっ・くるっ・くるっ・くるっ。（自分で言いながら四回まわる）

解説者　4F《クワドフリップ》。

デラクルス　（一旦、着氷したポーズのあとまたすぐ）くるっ・くるっ。（二回まわる）

解説者　2T《ダブルトウループ》。
デラクルス　くるっ・くるっ。（二回まわる）
解説者　2Lo《ダブルループ》。
実況アナ　からの——？

デラクルス、2Loで二回まわった流れのまま左脚を顔の高さ近くまで一気に蹴《け》り上げ、それをメイファンめがけて振り下ろす。メイファン、顔の前で両腕をクロスさせ、デラクルスのかかと落としをがっちりガードする。デラクルス、驚愕《きょうがく》の表情。そのあとすぐ数歩退き、間合いを取る。

実況アナ　（興奮）防いだあああ！　李美芳、マリア・デラクルスの4回転2回転2回転かかと落としのコンビネーションを完全に防ぎきりましたあああ！
解説者　李選手は4A《クワドアクセル》の大技が注目されがちですが守備の堅さにも定評があります。基礎がしっかりしている証拠です。
実況アナ　デラクルスは息があがっていてすぐには次の攻撃に移れません。今度は李美芳のターンになります！

メイファン、息があがっているデラクルスの周囲をすべり始める。デラクルス、動揺の表情を浮かべる。

解説者　李選手、激しい攻防の直後とは思えない、美しい、なめらかなスケーティングです。

実況アナ　本当に落ち着いています、李美芳。これが中国武術四千年の歴史というものなのでしょうか——。

解説者　助走に入りました。

実況アナ　（緊張の面持ち）来るか、４回転アクセル——？

メイファン、デラクルスの周囲をまわってデラクルスの正面に来たところで勢いを落とし、高らかにジャンプするポーズをとると身体を回転させる。

メイファン　くるっ・くるっ・くるっ・くるるっ。（四回半まわる）

メイファン、四回半まわった流れのまま、両腕をひろげて後ろになびかせ、左脚も腰より高く後ろに上げると、上体を前に倒したそのアラベスクスパイラルの姿勢のままデラクルスのみぞおちに頭突きをかます。デラクルス、防御もできず頭突きをまともに食らい、後ろに吹っ飛んで倒れる。

実況アナ　決まったあああああ！　李美芳の4回転アクセル頭突き、完璧《かんぺき》に決まりましたあああ！

解説者　ジャンプが非常に高かったですね。回転もしっかりまわりきっていました。

実況アナ　4回転アクセル頭突きをまともに食らったマリア・デラクルス、起き上がることができません！

メイファン、仰向けに倒れたまま起き上がれないデラクルスにはもはや目もくれず、デラクルスの周囲を大きく優雅に、悠然とすべる。一周大きくすべると舞台中央で勢いを殺し、その場で高速スピン。高速でスピンしたあと、勢いをゆるめ、最後に羽生結弦《はにゅうゆづる》のSEIMEIの演技ラストばりのキメ顔とキメポーズでフィニッシュ。

照明が通常の明るい色合いに戻り、大喝采《だいかっさい》のSEとともに上手と下手の舞台袖《そで》から花束やぬいぐるみが投げ込まれる。

実況アナ　（大興奮）中国の十六歳・李美芳、完全勝利ッッッ！　李美芳、メキシコのマリア・デラクルスを下して銀メダル以上確定、明日行われる決勝戦への進出を華麗に完璧に決めましたあああ！

解説者　（歓声に無表情に手を振って応《こた》えるメイファンを見ながら）本当に完璧な試合でした。文句のつけようがありません。

実況アナ　これは明日の決勝戦もこのまま李美芳が圧勝してしまうのでしょうか！

解説者　その可能性は十分考えられる、それだけの内容の試合でしたね。前回の銀メダリスト、実力者のデラクルス選手相手にここまで完璧な勝利を収めるとは私も思いませんでした。

実況アナ　金メダルに王手をかけた、この圧倒的強さを誇る無敗のプリンセスに、明日の対戦者は果たしてどう立ち向かうのか。勝てる見込みはあるのか。そんなことを思わず考えてしまう準決勝第一試合、李美芳の強さでした！

メイファン、すべりながら下手から退場。

実況アナ　本日はこのあと、準決勝第二試合、日本の立花オリエ対インドのカーマ・スートラ戦が行われます。この試合の勝者が明日、李美芳と金メダルを懸けて決勝戦を戦うことになります。そちらもどうぞお楽しみに！ 実況席からは一旦以上です。解説の山木さん、ありがとうございました。

解説者 ありがとうございました。（暗転）

「藤。頭突き食らうところ、もっと派手に吹っ飛べないか」

シーンを終えたところで、花輪が確認する。

劇団の主宰であり俺達の芝居すべての演出を手がける花輪からの要求に、デラクルス役の藤が答える。

「そうしたいのはやまやまなんだけどよ。これ履いてるといつもと勝手がな」

スケート靴のかわりにローラーブレードを履いている足元を目で示して藤が難しい顔をしてみせる。

役者七人のなかでも運動神経が一番よくアクションシーンが得意な藤が渋い表情でそう言うのだからなかなか厳しいということなのだろう。きょうはTシャツとハーフパンツというただの稽古着だが、本番では『オペラ座の怪人』の怪人《ファントム》に扮《ふん》して、女子フィギュア選手のミニスカ衣裳に仮面と漆黒の短マントをアクセントに加えた、女装＋コスプレの衣裳でマリア・デラクルスを演じなければならないのでさらに難易度が上がる。

「まあ、まだ日があるからな。もっと慣れてきたら徐々にやってみるわ」

ローラーブレードの扱いにさらに慣れてくればなんとかなるかもしれないという藤の言葉に、まあそれで構わないと花輪もうなずく。無理をして怪我《けが》をしては元も子もない。

花輪が次に、メイファン役のサリエロに言う。

「サリエロ。最後のキメ顔とキメポーズ、もう一回やってみろ」

メイファンちゃん大勝利のキメ顔とキメポーズをもう一度要求する花輪に、「りょ」とサリエロが一声応えて、演技に入るときの顔になる。

スピンをゆるめたところから——キメ顔&キメポーズ。

両腕をまっすぐ正面、床と水平に突き出し、手首から先は下に折って手の甲を客席方向に向け、足は揃えて硬直したように立つポーズで静止し、無表情にカッと目を見開いた主演女優に、

「それは、何だ」

花輪が冷ややかに問いかける。

顔だけ素の表情にもどって演出家を軽く見返し、サリエロがこたえる。

「キョンシーだけど。霊幻道士、ご存知ない？」

「存じ上げているしハロウィンのホラー・イベントで見るぶんには笑えるが、美しさが微塵《みじん》も感じられん」

花輪の駄目出しに、サリエロがたちまちポーズを解いて不服そうな表情を見せ、

「だって台本に何も指定が書いてないし。羽生結弦のSEIMEIの演技ラストばりのキメ顔とキメポーズでフィニッシュ、って役者に丸投げしてくるだけで。座付きの劇作家様が何をイメージしてお書きになったのかさっぱりなんですけど」

俺のほうに矛先《ほこさき》を向けてくる主演女優の言葉に、

「具体的にイメージしたものは特にないが、キョンシーでないのだけは確かだな」

おでこにお呪符《ふだ》を貼《は》られた中華ゾンビ覚醒《かくせい》ポーズで演技をフィニッシュするフィギュアスケーターなんて、さすがにそのバカな発想はなかった、と俺は矛を投げ返す。

「つーか、キョンシーってなに？」

シーンでの演技からそのまま、パイプ椅子《いす》にすわっている実況アナ役のコンタが誰にともなくたずね、

「まあ俺ら世代だと知らないヤツも多いだろうな」

コンタのとなりの椅子にすわっている解説者役の浜ちゃんもわざわざ説明はしてやらずそれだけ言う。

不評の空気と旗色の悪さにやや鼻白むサリエロに、花輪が言う。

「次の稽古までに別のを二十個考えてこい」

「――二十個ォ？」

「ああ。そのなかから比較的マシなのを選ぶ」

目から血が出るくらい考えてこいよ、と非情な花輪の通告を受け、寄せられるかぎり眉間《みけん》にしわを寄せるサリエロに、

「ふっ」

オレのキメポーズとかぶるのはやめろよ、と出番じゃないので壁にもたれてあぐらを組んでいるカーマ・スートラ役のヒロさんが他人の苦労を楽しそうに笑う。

「心配しなくてもあなたの意味不明なポーズとは過去現在未来永劫《えいごう》、絶対にかぶりませんけど」

キレ気味に返すサリエロに、

「ふっ」

少なくともオレのこのキメポーズは一発オーケーもらえたがな、と十五歳のインド人女子選手を演じる二十八歳のベテランメンバーが花輪から一発でオーケーが出たポーズを披露する。歌い騒ぐインドのエンタメ映画に出てきそうな濃いめのおどけた表情《かお》をつくり、舌をちょっとだけ出して首を傾け気味に、影絵でキツネを作るときの手の仕草をそれぞれ両手で胸の脇《わき》にかわいらしく飾る。よくは知らないがインド舞踏で、乳首が立つほど愛情が高まること、という意味があるらしい。

「なんかちょっと調子こいててムカつく感じが絶妙だわ」

「現代日本にニンジャやサムライがまだ普通にいると思ってるのと同レベルのまちがいだらけのインド観で構成されてるのが秀逸だな」

藤がほめて、浜ちゃんもそれに賛同する。これに負けたのが納得いかないという不満顔で黙り込むサリエロ。

ヒロさんも本番ではベリーダンサー風の衣裳で舞台上に立つことになる。自粛太りで十キロ以上肥《ふと》った身体も、稽古が始まってからは徐々に以前の体型に戻りつつある。

「でも藤とサリエロ、すごいよね。もうそんなにすべれて」

ヒロさんの二メートルとなりにすわっている百合が言う。オリエ役の百合も本番ではローラーブレードを履いて舞台に立たなければならないが、きょう見たぶんではまだかなり足元が危なっかしい。そこはヒロさんや俺も同様だ。

今回の舞台でローラーブレードを履く必要があるのは五人だ。ヒロさん、藤、百合、俺、サリエロ。

藤とサリエロは普通にすべったり軽くアクションを入れるくらいならもう何の問題もないレベルに達している。

「オレはガキのころにローラースケート持ってたからな」

後れをとっていると感じている百合をフォローするように藤が言って、

「近所のコンビニとか美容院に髪切りに行くときとか、わたし最近全部これで行ってるから」

と、また全員から「は？」という顔をされる発言をサリエロがする。

「ローラーブレードを身体の一部と感じられるくらいになるよう、スキマ時間を上手《うま》く活用して無理なくスキルアップ——そういう『丁寧な暮らし』を心がけています」

サイドに天使の羽根飾りみたいな無駄なでかいパーツがついているピンクのローラーブレードを履いている女の言葉に、

「羞恥心《しゅうちしん》の概念がないとこういうとき便利だな」

「公道だと場所によっては法律違反になると思うが……」

芝居のためなら労を厭《いと》わない心意気は買うが一人の大人としてはどうなのかという疑義を花輪と浜ちゃんが暗に呈する。

それに対して、俺達のなかで唯一《ゆいいつ》の未成年がこたえる。

「マスクをしてると恥の概念から解き放たれます、大抵のことは」

コロナ時代を逆手に取るふてぶてしい態度を十九歳のサリエロは見せる。天使の羽根は一応、着脱式のパーツになっているらしく、本番ではちゃんと外す予定らしい。

六月十四日。八月に行う公演の稽古を始めてから二週間が経《た》っていた。

ローラーブレードを使うシーンの稽古は、きょうがはじめてだった。まず最低限ローラーブレードを履いた状態で演技できるように個人練習が各自必要だったので、それらのシーンは後回しにしてきた。

緊急事態宣言と自粛要請は解除されたものの、活動を本格的に再開させている劇団はまだ多くない。近々、公演の予定を組んでいる劇団はさらに少ない。コロナ終息の見通しがつかないからだ。世の中にまた何か動きが起きれば、不要不急のエンタメはすぐに波をかぶってしまうだろう。早々に動き出してしまった俺達は、馬鹿《ばか》なのかもしれない。

以前はそれなりに混み合っていた週末の稽古場の予約も簡単にとれた。きょうのこの稽古場は窓がある。近所への騒音対策で、芝居の稽古場に使えるところは窓がないほうが多いのだが、これまで一度も使ったことがない、わざわざ窓のあるところをヒロさんが探してきた。今まで窓の有無なんて稽古場を選ぶ際に考慮に入れたことはなかった。

梅雨の晴れ間の、夏めいた青空が、全開にされた窓からのぞいている。立地的に窓を開けても周囲への騒音の心配はないらしい。

花輪が指示を出す。次のシーンに出番がある役者が立ち上がる。稽古中も基本、マスクは全員着用している。自粛中はマスクをつけてなかったコンタもそれは例外ではない。もちろん稽古に入る際は全員、検温、手指の消毒は欠かさない。

換気のされた広い部屋で、俺達は大きな声をだして稽古を続けた。

4

第一幕・第四場

試合会場の選手控室。舞台中央に椅子がひとつだけ置いてあり、メイファンが椅子に浅くかけて帰り支度をしている。どこか浮かない表情。そこにコーチが上手より登場。途中で立ち止まるとドアをノックする仕草。続いてドアを開ける仕草をしてからメイファンのそばまで行く。

コーチ　メイファン。もうホテルに引き上げるのか？
メイファン　帰るアル。（スケート靴をリュックにしまう）
コーチ　もうすぐ第二試合が、立花オリエとカーマ・スートラの試合が始まるが。見ていかないのか？
メイファン　ここにいなくてもホテルの部屋のテレビで見られるアル。
コーチ　まあ、それはそうだが――。
メイファン　それに見なくても結果はわかるアル。オリエが勝つアル。

コーチ　カーマ・スートラはまだ一般公開したことがない大技を隠し持っているという噂もあるが……。

メイファン　あのインド娘は体幹が弱いアル。基礎ができてないアル。あれではオリエには勝てないアル。もし万が一、その秘密の大技とやらでインドが勝ったとしても、それなら明日の決勝でわたしがラクになるだけアル。一回見た技ならこわくないアル。

コーチ　それは、そうだな。

メイファン　ここにいても意味ないアル。帰るアル。車をまわしてほしいアル。

コーチ　そうだな、君もデラクルス戦で疲れてるだろうし、さっさと帰って、部屋でマッサージを——。

メイファン　きょうはマッサージはいいアル。

コーチ　（首をかしげて）何を言ってるんだ、試合の後はいつも俺がマッサージしているだろ。ちゃんとマッサージしておかないと明日の試合に影響が——。

メイファン　きょうはいいアル。疲れたアル。早く寝たいアル。自分でストレッチだけしておくアル。

コーチ　（メイファンのどこか頑《かたく》なな態度に怪訝《けげん》そうに）やっぱり、おかしい。どうした、体調でも悪いのか？

メイファン　悪くないアル。絶好調アル。不調というものを知りたいくらいアル。
コーチ　(眉《まゆ》をひそめて) たしかにさっきのデラクルス戦は調子が悪いようにまったく見えなかったが――。(と、そこでハッとした表情)
メイファン　(何か気づいた様子のコーチを見て取る) 何も問題ないアル。だから早く車をまわしてほしいアル。
コーチ　(立ち去る様子を見せず、しばらく無言で立ち、メイファンを見下ろす。それから、やや険しい顔つきと声で) メイファン。ここでちょっとそのまま軽く跳んで回ってみろ。
メイファン　(無言でコーチを見上げ、それから) 嫌《いや》アル。
コーチ　(厳しい顔) なぜだ。
メイファン　意味ないアル。疲れたアル。
コーチ　(疑念が確信に変わった顔になると、その場で片膝《かたひざ》をつき、椅子にかけたメイファンの足に手を伸ばす。メイファンはそれを避けようとするが逃さず、右足首を軽く持ち上げる。瞬間、メイファンが小さな苦痛の呻《うめ》きを洩《も》らす。それを確かめると深刻な顔で) メイファン――。
メイファン　(無言)
コーチ　(確認するように) 4回転アクセルのときだな。

メイファン　（観念した顔でうなずく）着氷したときは軽い違和感だけだったアル。でもあとから段々痛くなってきたアル――。

コーチ　試合中はアドレナリンが出ているからな。骨が折れていても気づかない場合がある。

メイファン　折れてなんかいないアル。ただの軽い捻挫《ねんざ》アル。歩くくらいなら問題ないし、一晩寝れば明日には治るアル。明日の決勝には支障ないアル。4回転アクセルでオリエを倒して優勝するアル。

コーチ　馬鹿を言うな。4回転アクセルはただでさえ膝と足首に相当な負担がかかる。軽い捻挫でも一週間は休んで様子を見ないといけない。そんな状態では明日はとてもじゃないが――。

メイファン　（頑なに）できる・できないの問題じゃないアル。わたしは国の、中国代表としてこのサイタマ五輪に出場しているアル。何があっても棄権なんて許されないアル。わたしは三歳で総本山で修行を始めた最初から、十三年後のオリンピックで、明日の試合で金メダルを取ることだけを期待されて、それにすべての照準を合わせて育成プログラムを組まれてトレーニングしてきたアル。わたしの人生は明日のためだけにあるアル。その前にも後にも、わたしの人生はないアル。

コーチ　明日の試合で金が取れなくてもそれですべてが終わりになるわけじゃない。四年後の大会でも君はまだ二十歳。十分、金が狙えるし戦える。だが明日の試合で無理をして足を決定的に痛めたり重大な故障を負えば今後、競技生活そのものが難しくなるかもしれないんだぞ。

メイファン　明日の試合で金が取れれば二度とスケートができなくなっても構わないアル。もともと、明日の試合で金を取ったらプロ転向なんてせず引退するつもりだったアル。金を取れれば国から一生、生活の保障がされるし、弟を大学に行かせることもできるアル。明日、金を取って、わたしはふつうの女の子になるアル。

コーチ　その足の状態で立花オリエに勝てると思っているのか。

メイファン　アクセルが決まれば勝てるアル。

コーチ　その足では四回転は無理だ。せめて4Aは封印して、持久戦に——。

メイファン　4回転アクセルでないとオリエには勝てないアル。オリエはおばさんでガリガリだけど体力おばけアル。持久戦になったらわたしが負けるアル。

コーチ　(首を振り)……やはりどう考えても無理だ。どのみち勝てない試合に怪我のリスクを冒して出場するより、四年後の大会に懸けたほうがいい。またこれから四年間頑張るのは精神的にはキツいだろうが——。

メイファン　無理アル。気持の問題なんかじゃないアル。
コーチ　どういうことだ。
メイファン　(神妙な表情) 最近、胸が大きくなってきたアル。四年後にはもっと大きくなるアル。おとなのからだつきになったら、きっと4回転アクセルを跳べなくなるアル。そうなったら、わたしの存在価値はなくなるアル。その日は、そう遠くないアル。
コーチ　(無言)
メイファン　国のバトルフィギュア連盟もそのことをわかっているアル。コーチは海外から期限付きの契約で招聘《しょうへい》された外国人だから知らないかもしれないアルが、山ではもう老師《ろうし》達がわたしの後釜《あとがま》を、四年後に十五歳か十六歳になる女の子を育てているアル。四年後、国の代表として出場するのは完璧な状態に仕上げられたその子で、わたしは代表枠すらもらえないアル。
コーチ　(無言)
メイファン　わたしには明日しかないアル。明日の決勝が、わたしにとっては最初で最後のチャンスアル。だから、もしオリエに無様に負けることになっても、わたしは明日、スケート靴を履いてリンクに立つアル。足がどうなろうと、4回転アクセルを使うアル。

コーチ　メイファン――。
メイファン　コーチにはこの三年間お世話になったアル。でもこれはわたしの人生アル。コーチに止める権利はないアル。
コーチ　（無言でメイファンと向き合う。それから何か言おうとしかけるが、そのとき、何かに気づいたように後ろを振り返る。メイファンのそばを離れ、上手側へ行き、ドアを開け、外を軽くのぞく仕草。それからドアを閉める仕草をして、メイファンのそばへ戻る）
メイファン　どうしたアルか。
コーチ　いや、誰かいたような感じがしたんだが――。
メイファン　（一瞬険しい表情をするが、そのあと肩をすくめるようにして）誰が通るかわからないようなこんなとこにいつまでもいるからアル。さっさと帰るアル。
コーチ　まだダメだ。（帰ろうとリュックに手を伸ばしかけたメイファンを制して、彼女の痛めた右足首に再度手をやる）
メイファン　（やや警戒して）何するアルか。
コーチ　（メイファンのジャージの裾《すそ》をまくりあげる。テーピングされた足首が露《あら》わになる。そばの荷物からテーピングテープを取り出しながら）テーピン

メイファン　グをやり直す。こんな適当な巻き方では——もっときっちり固定しないと。（無言で足をあずける。テーピングがほどかれ、新たに巻き直される、その途中で）……わたし、明日勝てるアルか。コーチはわたしがこの足で明日オリエに勝てると思うアルか。

コーチ　（手を動かしながらしばし沈黙したあと）ホテルに帰って作戦会議だな。このあと、立花オリエのカーマ・スートラ戦もあることだし。対策と戦略を練り、それら出来ることをすべて行って、明日の勝負に臨むしかない。そこで勝てるかどうかは、あとは自分次第だ。

メイファン　（希望の射《さ》した表情）試合に出ていいアルな？　それは許してくれるアルな？

コーチ　君の人生を俺に止める権利はない。君が出ると決めたのなら、もうそれを止めはしない。

メイファン　（黙ってコーチを見る）

コーチ　俺にできるのは、君が勝つためのサポート、ただそれだけだ。だから明日の決勝が終わるまで、それだけはさせてもらう。何があっても。（片膝をついた姿勢でメイファンと見つめ合う）俺自身も心から望む、君が金メダルを首にかけ、それに口づけする、その瞬間を見るために。

メイファン（感謝の眼差《まなざ》しで）謝謝《シェシェ》。（暗転）

肩を軽く叩《たた》かれて、スマホの画面から顔を上げる。

ウレタンマスクをつけた、同年代くらいの男が立っていた。

相手のその顔を数瞬、無言で見上げてから、

「ああ、山下か」

大学で同じ学年、学科のクラスメイトだと気づき、ワイヤレスイヤホンを外す俺の言葉に、

「遅《おせ》えよ」

腰掛けにかけている俺を、山下が笑って見下ろす。

「店に入った時点で気づくかなと思ったら全然気づかねえから。三密しちったわ」

「消毒しとけよ、三密役者にさわったから」

店の入口に置いてあるアルコール消毒液のボトルを目で指して、俺も冗談で返す。

「大丈夫、おれも同類だから」

となりに腰を下ろす山下に、そうだったな、と俺はうなずき返す。

「髪の色がやけに派手になったから最初わからなかった」

「自粛中、ヒマすぎて。イメチェンした」

「おまえ、下宿このへんだったのか」

「そうだよ。あ、いや、去年の暮れに引っ越してこっち来たんだけど」

狭い弁当屋の店内で世間話をする。

注文した弁当ができあがるまでのあいだの雑談。

「おまえ、最近よく授業出てるらしいじゃん。軽く話題になってたぞ、潮見がまじめにリアルタイム授業来てるって」

「キャンパスまで行く手間が省けるリモートの恩恵だな。あと単純に単位がやばい」

「え、おまえいま単位いくつ取れてんの」

偶然顔を合わせればこの程度の軽口や雑談は交わすが、別段大学で親しくしているわけではない。

俺には大学での人間関係というものがほとんどない。親しい友人と呼べる存在もいないし、クラスの連中と遊んだりすることもない。入学した本当に最初のころはそういった集まりに顔を出すこともあったが、いつのまにか疎遠《そえん》になってしまった。バイトと劇団での活動に精を出し、授業にほとんど顔を出さないダメ大学生の日々を繰り返しているうちに。髪を金髪にしてマスクをつけたくらいで同級生の顔も一瞬認識できなくなるくらいに、遠ざかってしまった。

「それ、稽古《けいこ》の動画か」

山下がたずねてきて、俺は自分のひざの上に置いたスマホに視線を落とす。

一時停止された動画。

ついさっきまで見ていた、自分が出るシーンの稽古をスマホで撮影したものだった。

架空の人間を、役柄を、サリエロとふたりで演じるシーン。

「ああ」

俺がうなずき返すと、

「新しい公演やるのか。近々」

少しだけ真面目《まじめ》になった顔つきで、山下がたずねる。言外の意味が、その言葉には多少含まれている気がした。

俺はそれにまた、短くうなずき返す。

肯定の意味の、俺のそのうなずきを見ると、

「そうか。いいな」

今度はただ素直に、山下がうらやましそうに笑う。

俺はマスクで口元が隠れている同級生のその顔を黙って見る。相手の事情がわかっているだけに、適当に合わせて笑うことはできなかった。

「おれたちはもうほんと駄目かもしんないわ、今年は。新歓すらろくにできなかった」

学内の演劇サークルで役者をやっている山下が嘆息まじりにわらう。どうしようもない、あきらめるしかない、とそんな表情の山下に、

「直撃だったからな」

四月、五月の自粛期間の状況を思い返し、俺は真面目に応える。

「自粛が明けてもキャンパスが開かねえんじゃ、ほんとお手上げだわ。練習も稽古もできない、新入生にそれを見学に来てもらったり新歓公演でおれたちの芝居に興味を持ってもらうこともできない。SNSや配信で頑張って周知したり紹介はしてみてるけど、反応は正直乏しい。興味持ってくれた子がいても、いつからまたちゃんと活動できるのかはっきりしたことを言ってやることもできない。完全に詰み。詰んでる」

山下が語る苦しい状況は、同じ大学に通う俺にも容易に理解ができるものだった。行動範囲が広く、他府県から通う学生も多く、授業ごとに教室を移動し、大教室の授業などで大勢が集まる、として感染拡大のリスクが高いと見なされている大学生。

学内の文化系サークルや部活は現在、活動休止状態のところが大半だろう。キャンパスが閉まっているので学生会館や部室棟も使用できない。

体育会系の部などはスポーツ推薦枠で必要最低限は部員も確保できるだろうし、キャンパス外の専用グラウンドで練習できたりもするのだろうが、基本的に校舎や学内の施設で稽古と練習をしている演劇サークルでは、それらが一切ままならない。まさに手詰

まりの状況だ。大学によっては徐々に一部の施設を使用可能にしたり対面授業を再開させているところもあるみたいだが、うちの大学は春学期はこのままの状態を継続する模様だった。

　九月の秋学期からどうなるかは、六月下旬の現時点ではまだ大学側からは発表されていない。対面授業再開か、オンライン授業継続か、それらの混合か。しかし対面授業が再開されたとしても、学生や教員に感染者が出れば、またすぐオンライン態勢に逆戻りだろう。

「この調子じゃ、秋公演はたぶん無理。年明けの卒公だけは絶対やりてえなって話してるけど、それもどうなるか――」

　秋公演はどこの演劇サークルも一年の活動のなかで一番力を入れている公演だ。その舞台を主導するのは山下たち三年生で、役者陣も三年生が主役級の重要な役柄を演じる。四年間のサークル活動の集大成といっていい。四年生が卒業前に最後に舞台に立つ卒公、卒業公演も山下にとっては一つ上の代の先輩たちを送り出す大事な舞台ではあるだろうが、もし一番の晴れの舞台である秋公演の実施が叶《かな》わないとなれば、そのやりきれなさは想像に余りある。

「大変だな」

　そんな月並みな言葉しか、俺は言うことができない。

入学してからこれまでの二年間、大学生活にそれほど比重を置いていなかった俺のその言葉に、

「おれも潮見や中崎さんみたいに学外で活動してればよかったのかな」

と、山下が力の抜けた笑い顔を見せる。

「最近、なんかそんなことちょっと考えたりするわ」

山下が言う中崎さんというのは、百合のことだ。

一学年上の百合は最初、山下と同じ演劇サークルに所属していた。一年生の途中で辞めて、それで不死隊《うち》に加入したので山下とサークル内での直接の交流はないはずだが、一コ上の先輩たちから話は聞いているのだろう。

うちの大学は演劇系のサークルが盛んで、学内にサークルが四つある。エンタメ志向、文芸路線、アート志向、オリジナル脚本重視など、それぞれカラーが違う。山下が所属しているのはエンタメ志向のところだ。舞台映えのするアクションシーンや殺陣《たて》やアクロバットを多く取り入れている。脚本は確か有名作家や演出家の既成台本がほとんどだったと思う。既成台本でも演出はサークルの演出担当が行うので、演出が違えば味付けも異なる。

たしかに、学内サークルでなければ、大学側の対応に振り回される気遣いはない。

「でも、おまえはそういうタイプじゃないだろ」

「まあ、そうなんだけどさ」

俺の端的な指摘に、山下もそこは何一つ否定せずに笑う。

「おれは——」

と、山下が気負いのない表情で言う。

「せっかく受験がんばって大学に入ったんだから、同じ大学のみんなと、同期や先輩後輩と楽しく芝居したいって、同じ釜のメシ食って毎日遅くまで学校残って誰かの下宿でだべって大学生活を共にして芝居を作りたいって、そう思った。それが普通だと思ったしそれ以外の選択肢なんて考えなかったし頭にもなかった」

山下は普通に、学校でみんなとわいわいしたいタイプのヤツだ。先輩同期後輩がいて、卒業後もOBとしてときどきみんなで集まって大学時代を懐《なつ》かしんだり後輩たちの公演を見に行ったり——そういう普通のサークル活動を望んでいる。年齢も仕事もバラバラな、いつまで存続するのかもわからない外部の無名の劇団に飛び込んでいくような性格ではない。

人並みの楽しい大学生活を望んだだけの、決して否定されるべきではない山下の言葉に、俺はうなずいて言う。

「俺とか百合は高校から演劇やってたからな」

それぞれ高校の演劇部で三年間過ごしてきた俺と百合は、学校の中でみんなと芝居をやる空気感やなんかはもう一通り経験してきている。大学の外に刺激を求めたのは、それもまったく関係がないとはいえないだろう。

山下は以前から興味はあったようだが、まったくの未経験で大学から芝居を始めている。そして山下は卒業後は芝居を続けない。訊《き》かなくてもわかる。大学四年間のサークル活動と割り切って、その範囲内で目一杯やりきる、卒業後は一切役者はやらない。きっとそうなるだろう。しかしそれが普通だ。演劇サークルで仲間と寝食を共にしても、大半の部員は卒業後は芝居を続けない。社会人としての新しい生活の始まりとともに、それは終わる。それが普通の大学生の青春なのだ。四年間できっちり終わる夢、モラトリアム。

俺も山下も、残された時間は等しく、変わらない。

残りの大学生活をどう使うのか、なにができるのか、このコロナ以降の世界で。それは自分で考え、行動するしかない。——無論それも、俺の場合は単位を取れてちゃんと四年で卒業できれば、の話だが。

「ま、でもおれも二年間、目一杯楽しんだからな。一生モノの友達や仲間もできたし。あとの二年間がもし無味乾燥で終わったとしても、まだぎりぎり我慢できるかもな。可哀想《かわいそう》なのは、今年の一年だわ」

山下の言葉に、俺は無言でうなずく。春に入学した新入生はまだオンライン授業しか受けたことがないしキャンパスにもほとんど行けてないだろう。

学内のサークルはイベントが多い。山下の演劇サークルもその例に漏れず、花見、バーベキュー、七夕、海、キャンプ、テーマパーク、ハロウィン、クリスマス、スキー旅行と、仲間たちみんなで遊ぶイベントが盛りだくさんだ。それらの楽しい記憶や思い出は、俺が持っていないものだ。

コロナウイルスは、だがそんな大学生の生活を大きく変えてしまった。色のない、窮屈で、それでいて使える時間だけは大量に与えるという皮肉なものに。

これがいつまで続くのか。いつ終息するのか。以前と同じような自由な大学生活がいつ戻ってくるのか。それはまだわからない。

店員に呼ばれ、俺は腰掛けから立ち上がる。弁当ができた。

クラスメイトとの世間話は終了。

受け取った弁当を手にさげて、「じゃあな」と俺が最後に山下に一声かけて店を出ようとすると、

「潮見。舞台いつだよ」

まだ腰を下ろして弁当を待ちながら、山下が俺を呼び止めて訊く。

「八月の十三、十四、十五」

六月二十六日、本番まであと一月半となった公演の日程を俺が伝えると、

「チケットできたら言ってくれ。二枚買うわ」

と、山下がスマホでスケジュールを見たりもせずにあっさり言う。

「今度のもおまえが台本書いてるんだろ?」

ああ、と俺はうなずく。

山下は一度だけ俺達の舞台を見に来たことがある。一年のときだ。そのときはまだ台本は花輪が書いていて、俺は不死隊の脚本は手掛けていなかった。俺が書くようになったのは次の公演からだ。

記憶にあるかぎり、その一度だけだった。山下も普段は自分のサークルの稽古やバイトで忙しく、学内や他大学の演劇サークル同士の付き合いでそれらの公演を見に行かないといけない場合も多いので、何の繫《つな》がりもない劇団であり付き合いの薄いクラスメイトでしかない俺の舞台をチケットを買って見に行くというのはやはりなかなかそこまではできないのが正直なところだろう。俺だって、山下のサークルの舞台は一年のときに一度見に行っただけだ。チケットを買ってくれと頼んだ覚えも双方ともにない。

それでもお互いがどのように頑張り、芝居に打ち込んでいるのかは、ぼんやりなんとなく知っている。普段は存在をほぼ忘れていても、ときどき思い出したように互いの活動状況を劇団のホームページで見てみたりする。自分と違う道を選んだヤツが今どこを歩いているのか、ときどき気になる。

「おまえからなら身内割引で買えるんだろ。どんだけ関係が薄いクラスメイトでもさ」

「ああ。おまえが二枚だったらペアチケット料金と御学友割引が適用になる」

冗談めかして言う山下に応える。

大学の演劇サークルはどこも大して動けておらず暇を持て余しているので、それで山下も今度の俺達の舞台をひさしぶりに見に行くつもりになっているのだろう。

関係が薄いクラスメイトのなかでは、山下はそれでもまだこうやって世間話程度はして、かなり話すほうだ。ばったり会ってもお互い素知らぬ顔ですれちがうやつも多い。そいつらと山下との違いは、やはりそれは俺達に演劇という共通項があるからだろう。関係は薄くても、同じ日に入学して、同じ大学に通っていて、芝居をやっている。嫌いなヤツではない。

「並んでは座れないけどな、コロナ対策で」

密を避けるため、客席は一席ずつ空けて配置される予定だ。

山下が同じサークルの一つ下の後輩の女子と付き合っているというのは知っていた。

「構わねえよ。手をつないで見る映画じゃないんだから」

おまえらの芝居そういう芸風じゃねえだろ、と山下が笑う。

劇団の雰囲気や芸風なんていうのは、公演のフライヤーを見た段階でなんとなく伝わってくるものだ。シャレオツだったり気取っていたり馬鹿げていたりなんかちょっとエロそうだったり真面目だったり。

「十三から十五って、盆休みの真只中《まつただなか》にやるんだな」

山下はちょっと意外そうに言って、

「でも全然余裕だわ。今年の夏は帰省する予定もねえし」

と、きょう何度目かの諦《あきら》めに似た笑いを見せる。

たしかに、今年は田舎や実家に帰省する学生も例年よりは確実に少ないだろう。コロナ対応で大学が始まるのが遅かったせいで、今年は夏休み自体も例年より大幅に短くなると聞いている。うちの大学は盆休み直前まで授業や課題がある予定になっている。

コロナ時代、はじめての夏――それがもうすぐ始まろうとしている。

店を出る前の俺に、最後に山下が言う。

「帰って来んなって親に言われてるから」

笑う山下の出身は、まだ公式には感染者がゼロの岩手だった。

5

第一幕・第五場

試合会場のインタビュースペース。舞台中央に実況アナが待機している。

実況アナ　(興奮の口調で、カメラに向かって話すように客席に向かって) はい、まもなくこちらに立花選手が来て試合後のインタビューにお答えいただけると思います！　いや～、しかし先ほどの準決勝第二試合、立花オリエ対カーマ・スートラ、手に汗握る素晴らしい熱戦でした！　私も思わず実況を忘れてしまいそうになりました、そんな立花選手の熱い戦いぶりでしたが——あっ、来ました！　立花選手です！

オリエ、試合用の純白のコスチューム姿で舞台下手から登場。実況アナのそばまで行く。

実況アナ　立花選手、お疲れ様です！
オリエ　(汗をかいた、涼しい顔で) はい。
実況アナ　まずは決勝進出、おめでとうございます。
オリエ　ありがとうございます。
実況アナ　どうでしたか。先ほどの準決勝戦、カーマ・スートラ選手との試合は。
オリエ　簡単な試合でないのは最初からわかっていました。スートラ選手はインド舞踏を観《み》ているかのように非常に巧みで、若すぎるくらいに若く、謎《なぞ》めいたところも多い選手でしたので。試合のなかで柔軟に対応していかないと厳しい戦いでした。
実況アナ　そんなスートラ選手の、これまで一度も披露していなかった隠し技、4回転ループ腕ひしぎ十字固めが決まりかけた瞬間は、試合を見守っている日本中がヒヤリとしました。立花選手はあのとき、どうでしたか。
オリエ　わたしも驚きましたが、しかし普段から寝技の対策も怠ってはいませんので、冷静に、どうやってここから腕を抜くかということだけに集中しました。
実況アナ　そして最後、見事な逆転勝利でしたね。
オリエ　ベストな試合とは言えませんが、とりあえず勝てたのでよかったです。

実況アナ　これで銀メダル以上確定、次は明日の決勝戦になります。

オリエ　はい。

実況アナ　決勝では、金メダルを懸けて中国の李美芳選手と初の直接対決となりますが、自信のほどは。

オリエ　わたしの競技人生で最も厳しい戦いになると思います。

実況アナ　先に決勝進出を決めた、李選手の第一試合はご覧になりましたか。

オリエ　はい。見ていました。

実況アナ　これまで一度も負けたことがない無敗のプリンセス・李選手相手に五輪連覇の女王・立花選手は明日、どう挑まれますか。

オリエ　小細工が通用する相手ではないので、正々堂々、正面から戦うしかないでしょう。李選手も同じように来るはず。彼女はとても真面目な、クリーンな戦い方をする選手なので。それでいて圧倒的に強い。明日はお互い全力ですべり、そして、強いほうが勝つ、ただそれだけだと思います。

実況アナ　明日勝てば、悲願の三連覇が叶います。

オリエ　そうですね。前大会以降、怪我《けが》や故障で苦しい時期が続きましたが、それもすべて明日の試合のために乗り越えてきたことなので。わたしも次の大会に出るのはさすがにもう年齢的に難しいと思うので、明日は今大会に重ねている自分の人生みたいなものをしっかりと戦い抜きたいと思います。その姿を明日見られることを心から期待しています。試合後にお疲れのところ、ありがとうございました。

オリエ　ありがとうございました。

実況アナ

オリエ、一礼し、上手より退場。オリエの退場を見送り、それから実況アナも下手から退場。実況アナが退場後しばらくして、コスチュームの上から選手団ジャージの上着をそでを通さず肩に羽織ったオリエが下手より再登場。登場と同時に、携帯の着信音が鳴る。オリエ、舞台中央で立ち止まり、上着からスマホを取り出し、通話を始める。

オリエ　——はい。——ええ、お疲れ。——そうね、確かに苦戦はしたけれど、でもあの子が何か仕掛けてくるだろうっていうのは薄々わかっていたことだし。寝技の対策も普段からしているもの。不用意に焦《あせ》ることはなかったわ。——ふふ、そうね、あの子の選ぶ勝負曲、いつも笑えるわね。——ええ、——え？（少し表情を変える）——李美芳が？　右足を？　4回転アクセルのときに……。（真剣な表情）そう……。わかったわ、ありがとう。でもわたしの戦い方に変わりはないわ。対戦相手にどのような事情があろうと、わたしはわたしの戦いをするだけ。そしてわたしは明日、あの子を、李美芳を倒して、金メダルを手にする。三度目の金を。明日の試合で、すべてが終わる。辛《つら》いトレーニングも、ライバルたちとの戦いも、長い競技生活もすべて。五輪三連覇の、最高の名誉を手にして。明日、最後の戦いを終えて、それと同時に華々しく現役引退して、競技生活から解放されて、そしてようやくわたしは自分の自由な時間を自分の好きに使えるようになる。——ええ、そうね、あなたとのこともわたしのわがままでずいぶん待たせてしまった……。わたしがまだほんの少女だった頃から、こんなにも長い間。——え？　……ふふ、ありがとう。でも十五や十六のあの子たちから見たら、二十四のわたしなんてもうおばさんよ。バトルフィギュアのアイスリンクにいつまでもしがみついた、往生際《おうじょうぎわ》の悪いおばさん。（そこで表情を改め、戦う者の顔つきで客席のほうを見つめる）ええ、でも、だからこそ。——負けないわ、明日の試合。（通話を切り、肩にだけ羽織っていたジャージの上着をその場に脱ぎ捨て、上手より退場）

「え、見てたの？」

夏の日差しが降り注ぐ川原に立ってこちらを振り仰ぎ、俺の存在に気づいた百合がわらう。

「女優帽にグラサン、ローラーブレードの不審者がいたもんでな。地域社会の安全を守るために監視させてもらった」

土手を川沿いの歩道まで下りながら俺が言うと、つばの広いフェミニンな帽子をかぶった百合がでかいグラサン越しにまた微笑《ほほえ》む。長袖《ながそで》にレギンス、嫌味なくらいよく晴れている七月初めの太陽の下での紫外線対策は完璧《かんぺき》だった。

「コソ練の現場見られるの、けっこう恥ずかしいんだけど」

「わかる。通りすがりの知らない人間に見られるのはまったく気にならないのにな」

平日の昼間なので人はもとから少ないが、まったく誰も通らないわけではない。買い物帰りにふと散歩がてら川沿いのルートを選んだ暇な大学生が、川原で若い女が何かひとり芝居の練習をしている光景を見つけることはある。

「しおみんの家、このへんじゃなくない？」

「この近くに激安スーパーができたって聞いたから試しに行ってみた」

ああ、あそこね、と俺が手にさげたレジ袋を見て納得したように百合がうなずき、

「歩き？　自転車ないの？」

「パクられた。自粛中に」

コロナ禍に関係なく、チャリはパクられる。

「わたしの家の近くに中古の自転車屋あるよ」

「そこに俺のチャリも売ってそうだな」

言って、笑い合う。

「なんか飲むか？」

暑い日差しの下で自分が出るシーンの練習をひとりでしていた百合に、手にさげたスーパーの袋を軽く持ち上げてたずねる。

「水素水ある？」

「女優かよ」

百合の口許《くちもと》が微笑する。昼間の広い屋外でひとりで練習するのなら、マスクをつける必要もない。

適当に選ばせると、確かに安かったアイスコーヒーの缶を百合が手に取る。

「練習のときの水分補給《ハイドレート》はマジ大切だからね」

「浜ちゃんかよ」

アスリートみたいな意識の高いことをいつも言っている浜ちゃんの受け売りにすぎない冗談に笑う。

「暑い。無理。あっち行こ」

川原もこの辺りは遊歩道が続いている。少し向こうのほうに見える橋と、そのそばの日陰を指して、百合がローラーブレードですべりだす。達者とはとてもいえないが、すぐにすっ転びそうなほど危なっかしいわけでもない。スピードはまったく出ていない。歩く俺と大差ない。もうずっと以前からただそこにあるという風情《ふぜい》の川が、夏の日差しにきらめいている。

橋下の日陰まで来ると、土手の斜面際に並んで腰を下ろす。

「一応はすべれるようになったみたいだな」

「まあ、なんとか、演技のほうに集中できるくらいにはね」

脱いだ帽子とサングラスをそばに置きながら、百合がそれなりの苦労を滲《にじ》ませた笑い顔を見せる。

今度の舞台でオリエを演じる以上、百合はローラーブレードを履いて出るシーンも当然多い。運動神経が良い藤やサリエロと違って、だがその部分で百合は今回苦戦していた。

「フィギュアスケートで寝技ってどうなの、って思ったけど」

「カーマ・スートラちゃんは十五歳にしてブラジリアン柔術とルチャリブレを会得《マスター》しているからな」

「インドに関係なくない？」

4回転ループ腕ひしぎ十字固めでオリエを苦しめるインドの十五歳の設定を語る俺に、百合が微笑《わら》う。

「まさか役者人生の終盤にこんな難所が待ち受けているとは思わなかった」

薄手の長袖の上着も脱ぎ、黒のノースリーブと、青いレモンが総柄でプリントされたレギンスだけの恰好になった百合が笑ってアイスコーヒーの缶を開ける。

百合は今年大学四年で、来春卒業する。福井出身で、地元での就職がすでに内定しているので、俺達不死隊での活動は今年が最後になる。できれば、卒業前の冬に百合の追い出し公演的なものをやりたいと花輪は考えているようだが、それもどうなるかはわからない。今のコロナ禍の状況を考えると、今度の八月の舞台が百合にとっては俺達とやる最後の芝居になる可能性もないではない。

「簡単な舞台なんてひとつもないからな。せいぜい苦戦して有終の美を飾ってくれ」

もっともらしいことを言う俺に、

「みかんゼリー食べながら言うせりふじゃないでしょ、それ」

スーパーの袋から出したみかんゼリーを食い始めた俺を見て、百合が笑って非難する。

「福井に帰ったら、もう役者はやらないのか」

地元に帰ってしまったら、劇団も劇場もこちらとは比較にならないほど少ないだろう。

役者をやる環境として恵まれているとは言い難い。だが機会が皆無ではない。

　そう思いながらたずねる俺に、百合が答える。

「もともと、芝居は大学までって親との約束で地元じゃなくこっちの大学に来させてもらったしね。さすがにその約束破ってわがままは言えないかなって感じ」

　家族との繋《つな》がりを断ち切ってまで芝居を続けるつもりはないというように、百合は特に不満も感じさせないなごやかな表情で語る。

「五年とか十年とか経《た》って、結婚して子供ができて、ほとぼりがさめて、またやりたくなったら、昔取った杵柄《きねづか》でちょっとやってみたり市民劇団みたいなところに顔出してみたりすることはもしかしたらあるかもしれないけど、もうこんなにがっつりやることは、たぶんないんじゃないかなと思う」

　自身の内を冷静に見極める作業はもうとっくに終わっているというように、百合は缶に口をつけながら言う。

「わたしは中学の演劇部からだから、中学・高校・大学でちょうど十年。じゅうぶん満喫した」

　自由に時間を使える学生の身分を失ったらこれだけの熱量を持ち続けることができないだろうし、社会人になって地方で芝居を続けるだけの覚悟と意志は持てない。役者としての能力、才能の限界もとうに自覚できている。

自然な、一番いい潮時。

学生で演劇をやっている者の大半が辿《たど》り着くことになる、それは正常で真っ当な考えだった。

「大学の四年間はヘンな劇団に身を置かせてもらったし」

俺のほうを見て百合が笑う。

劇団不死隊。世間では無名に等しい、自分たちではこだわりを持ってやっていると信じる、八人だけの小劇団。

どれだけ続けたところでカネにも何にもならない場所。むしろ、いろいろなものを犠牲にしないと、役者として芝居を続けることはできない。

そんなこの場所で百合が四年間を全うしたのは、それだけの理由、楽しさや充実感があったからこそだろう。俺はそう信じている。

「うちは女優ふたりは下にも置かない扱いだからな。楽しかっただろ」

「全面的に抗議します」

そんな扱い一度も受けたことがないと百合が笑う。それから言う。

「でも大学最後の年にまさかこんなことが起きるなんて思ってもなかったよね」

川沿いの風景に百合が視線を投げる。その横顔は、今年、日本中の学生が数えきれないほどのぞかせた、苦笑とも諦念《ていねん》ともとれる表情と異ならない。

「皮肉だよね。これまでは芝居に全振《ぜんふ》りして単位取るための必要最低限しか大学に顔出してなかったのに、いざこうやってコロナでキャンパスが閉鎖されて自由に出入りできなくなったら、なんだか損してるようなもったいない気になって、大学の図書館とか中庭のベンチとかカフェテリアでのんびりしてみたくなるとか」

消え去ったものを懐かしむような百合の言葉に、俺はうなずく。

「行けるけど行かないのと、行きたくても行けないのとの違いな」

もともと学内での生活に重きを置いていなかった俺達ですらそう感じるのだから、普通に大学に軸を置いていた連中は今の状況をもっと切実に、虚《むな》しく感じているだろう。

と、そこであることを思い出して、俺は百合に言う。

「この前、山下に弁当屋でばったり会ってな」

そう言うと、「え、誰」というきょとんとした顔を百合が一瞬してみせる。

同じクラスで、百合が一年のときに在籍していた学内の演劇サークルのやつだと、俺が山下のことを説明すると、

「ああ、はいはい」

知らないけど知ってるという顔で百合がうなずき、「――それで?」と先を促す。

「あいつらもなかなか大変そうだった、今年は。俺達以上に」

弁当屋で話した山下との会話を思い出しながら俺がそう言うと、

「ま、そうだよね」

百合はうなずき、それから、

「まあ、わたしには関係ないけど」

と、あっさり切り捨ててわらう。

「わたし、いまだにあそこの四年生の間では脱藩者か抜け忍扱《にん》いだからね」

だがべつに何一つ後悔もしていないし詫《わ》びる気持もないという百合の強い笑顔に、俺も笑う。他所《よそ》で芝居をするためにサークルを辞めたのだから、まあサークル内でそういう扱いになるのはしょうがない部分もあるだろう。

「なんかわたしのことをサークラだったみたいに触れ回る子とかもいたみたいだし」

「いや、それはあったかもしれないんじゃないか？」

ＪＤ１の百合さんが後世まで名を残すサークルクラッシャーであらせられた可能性は否定しきれないと冗談を言う俺に、劇団《うち》の綺麗《きれい》どころが肩にパンチしてきて、食いかけのみかんゼリーがふるえる。

「まあ、告《こく》ってきた雑魚《ザコ》を何人か袈裟《けさ》斬《ぎ》りにはしたけど。だって顔も演技も不味《まず》い男子と付き合う気になる？」

怖いことをさらりと言って、

「でも、もう遠い話だよね。一年生のころのことなんて」

薄れかけた記憶にしばし思いを馳《は》せるように、百合は目の前の風景を眺める。

「川の流れの如《ごと》く、だね」

夏日に照らされた、特別澄んでも汚れてもいない川の流れに目をやりながら百合が言う。

時の流れ。ひとりの人間の人生。

それらはもう幾度となく、俺達が生まれる以前から、この川の流れのようなものだとそう喩《たと》えられてきた。止まることなく流れ流れていく、と。

戦時中でも、コロナ禍でも、どんな時代であっても、それは流れていく。

「女は海だしな」

俺が言うと、「ジュディ・オング？」と百合がわらう。

一旦、日陰に入ると、その日陰の外のぎらぎらと眩《まぶ》しい暑さがより際立って見える。

そんな場所にさっきまでひとりで立って練習し演技していた自分が嘘《うそ》のように思える、そんな眼差《まなざ》しで百合は川沿いの風景をしばし眺めていたが、

「さーて、もうひと練習してこようかな」

自分に気合を入れるようにそう言うと、ふたたび紫外線対策アイテムを身に着け始める。

「またこのあとに難しいシーンがあるしね。誰かさんの書いた台本のおかげで」

「舞台の山場のシーンだからな。きっちり演じてくれ」

でかい女優グラサンごしに視線をくれてくる百合に、花輪のモノマネで応えると、

「しおみんも出るシーンだよ」

他人事《ひとごと》みたいに言うなと百合が笑う。

稽古《けいこ》が始まった段階では物語前半である第一幕しかできていなかった台本は、つい三日前に、最後まで書き上げて完成していた。

「やるだけのことはやるけど――でも、ま、わたしヒロインじゃないからね」

と、そこで少し意味ありげに、百合が言う。

「オリエじゃなく、メイファンをやりたかったか？」

たしかに、オリエは重要な役柄だが、主役ではない。

たずねる俺の言葉に、百合は首を振る。

「ううん、メイファンをやりたいとかそういうわけじゃなく、うちの芝居で、ヒロインをもう一度くらいやりたかったなって」

百合の正直な言葉に、俺はしばし沈黙する。

サリエロがうちに加入してからというもの、俺達がやる芝居のヒロインと呼べる役どころはこれまですべてサリエロに割り振られている。

「配役は基本全部、花輪が――」

「台本書いてるのはしおみんだよね？」

どうしても言い訳がましくなる俺の言葉を、百合が遮る。表情は何一つ険しくないが男の下手な誤魔化《ごまか》しを見逃さない目だった。

最終的に配役を決めるのは主宰の花輪でも、俺が当て書きに近い書き方で台本を上げればサリエロがヒロイン級の役に選ばれることに断然有利である点は否《いな》めない。

べつに俺も、最初からサリエロをヒロインに据えようと企《たくら》んでストーリーや人物配置を考え台本を書いているわけではない。それは本当で、誓ってもいい。だが実際書き始めると、書いているうちに、書き上がると、どう見てもあいつが演じるべきヒロイン像が、俺が産んだ台本のなかには立ち上がってしまっている。台本の出来さえ良ければ、俺がその出来に満足してさえいれば、だがそのことを俺は気にしない。俺のこの劇団内での仕事の半分は良い台本を仕上げることなのだ。あとの半分は、役者の一人として役柄をきちんと演じることだ。

花輪もその点は同様だ。台本の出来さえ良ければほぼ当て書きになっていようが頓着《とんちやく》しない。そして花輪の仕事は、劇団の主宰として舞台の演出上、芝居に最もふさわしい役柄を役者に割り振ることだ。

百合もそのくらいの理屈はもちろん承知している。

女のプライドも、役者としての意地も、だが当然誰のなかにもある。無論、百合にも。

普段表には見せないタイプなだけで、それは二十二歳の女のどこか心の奥底でいつも冷たく燃えている。

言葉に詰まる俺に、百合が微笑《わら》って言う。

「いや、べつにしおみんが悪いだとか気にすることじゃないよ。演出家や劇作家がお気に入りの女優を贔屓《ひいき》にするのなんてごく普通《あたりまえ》のことだから。それにもまして、実力勝負の世界だし」

たとえそれがどんなに小さな劇団だとしてもね、と狭い世界のルールを完全に理解して百合は言う。

「だからわたしがヒロインをやってみたかったっていうのは、舞台の上で目立つ主役級をやりたかったっていうのもあるけど、それよりも、演出家や作家にとっての魅力的なヒロインになりたかったって——まあ、そういうことかな」

それくらい女優としての自分に惚《ほ》れ込んでほしかった、一人の役者として演出家や作家を魅了したかった。女の武器を使って籠絡《ろうらく》するとかでは無論なく、自分自身の素材と実力で。百合は静かにそう笑う。

「はい。愚痴はもうお終《しま》いです。——わたしはわたしのオリエを演《や》りきらないとね」

みんながいる稽古やミーティングの場では一度も口にしたことがない愚痴をさっぱり切り上げると、百合はこれからまたひとりきりの自主練習に入る恰好で俺の前に立ってたずねる。

「いっしょに練習してく？」

「悪いが遠慮させてもらう。ヨーグルトを早く冷蔵庫にしまいたいんでな」

あっそ、と百合はわらい、そしてそのまま、女優帽にでかいグラサン、ローラーブレードを履いた不審な女は川面《かわも》のきらめきを背景に、また暑い日差しのなかにすべりだしていった。

6

第一幕・第六場

宿舎ホテルの部屋。夜。

コーチ、椅子《いす》にすわってテレビを見ている。テレビは小さな台の上に、客席に背を向けて置かれているため画面は客席には見えない。テレビから流れている音声ふうに、マイクを通した実況アナと解説者の声が舞台上に流れる。

実況アナ　（興奮して）やりました、立花オリエ！　見事な逆転勝利！　インドのカ

解説者　ーマ・スートラを下して銀メダル以上確定、決勝進出を見事決めました！

実況アナ　危ないところからの形勢逆転、そしてわずかな隙《すき》も見逃さず相手を追い込んで確実なフィニッシュ。さすがですね、立花選手。

解説者　カーマ・スートラ、まだ起き上がることができません！

実況アナ　最後、完璧に決まりましたからね。

実況アナ　——おっと、ようやく顔を上げたそのスートラ選手に勝者・立花オリエが手を差し伸べます！　なんという美しい光景でしょう！　敗者の健闘を讃《たた》える、女王・立花オリエのなんたる美しき競技者精神！

解説者　ただ強いだけではない、彼女が女王と呼ばれる所以《ゆえん》ですね。

実況アナ　——ああっ、あーッ！　払いのけた！　ところが、スートラ選手、手を貸して助け起こそうと差し伸べた、立花オリエのその手を憎々しげに睨《にら》みつけて払いのけたァァァ！

解説者　負けた悔しさと、プライドが許さないのでしょうね。十五歳、まだまだ彼女は若いですから。

実況アナ　そして立ち上がったスートラ選手、——ああっ、何か両手の指先を胸の前で垂らして、おばけのようなポーズを立花の前でとりました！

解説者　これはインド舞踏における手の仕草のひとつですね。不要である、の意味

実況アナ　があります。なんたる拒絶！　頑《かたく》ななまでの無言の意思表示！　勝者・立花オリエへの敵意と憎悪《ぞうお》を剝《む》き出しにして、そしてインドのカーマ・スートラ、リンクからいま速やかに退場していきます！

解説者　彼女の戦いはまだ完全には終わっていません。このあと行われる、銅メダルを懸けた、マリア・デラクルス選手との三位決定戦が楽しみですね。

実況アナ　（女子アナ風に声色と口調をがらりと変えて）――以上が、本日行われました女子バトルフィギュアスケート準決勝第一試合と第二試合のダイジェストでした。ちなみに、このあと行われましたカーマ・スートラ選手対マリア・デラクルス選手の三位決定戦は、メキシコのマリア・デラクルス選手が勝利し、銅メダルを獲得しています。そして明日はいよいよ決勝戦、日本の立花オリエ選手と中国の李美芳選手の試合が行われます。果たして、明日の決勝戦に勝利して金メダルを手にするのは、立花選手と李選手、どちらなのでしょうか。立花選手、がんばれ♪　――以上、今夜のスポーツニュースでした。

コーチ、リモコンでチャンネルを変える仕草。

解説者　（医療関係の専門家風に声色と口調を変えて）――ええ、みなさんももうご存知の通り、トロロウイルスは発症し重症化すると、まず一番の顕著な症状として、山芋をすりおろした、まさに「とろろ」のような白い泡立った涙が大量にあふれ、止まらなくなり、また幻覚症状や精神の明らかな錯乱症状も見られるようになります。そしてさらに症状が進行して重篤化《じゅうとくか》すると失明や記憶障害、場合によっては命の危険も起こり得る恐ろしい感染症です。

実況アナ　（報道アナ風に声色と口調をまた変えて）そのトロロウイルスの感染者がまた国内でもじわじわと増えてきていますね。

解説者　はい。このウイルスは感染したとしてもvirgin――性交経験のない、いわゆる処女と童貞の方以外は重症化する可能性が低いことが既にある程度明らかになっていますが、該当する十代を中心とした方々には十分な警戒、対策と予防を心がけていただきたいと思います。

実況アナ　基本は、三密を避けるということでよろしいんですよね？

解説者　そうです。しかし、トロロウイルスの恐ろしい点は感染から発症、重症化までの進行が非常に速いことです。腐ったものを食べたらおなかが痛くな

実況アナ　る、このくらいのスピード感で感染から発症に至ります。
解説者　現在開催中のサイタマ五輪でも、試合会場への一般客の入場は既婚者に限定するという入場制限を設けたことが議論を呼びましたが？
選手と観客双方の安全を考えれば、妥当な措置かと思われます。

メイファン、上手より登場。立ち止まり、ドアをノックする仕草。コーチ、リモコンでテレビを消す。椅子から立ち上がり、メイファンの前まで行くとドアを開ける仕草。

コーチ　（少し意外そうな顔で）メイファン――。
メイファン　入っていいアルか。
コーチ　あ、ああ――。（メイファンを入れると、ドアを閉める仕草。ふたりで椅子やテレビのある舞台中央まで行く）
メイファン　（体調を気遣う目で）いいのか、メイファン。少しでも明日のために足を休ませないといけないのに。それにもう遅いし、早く寝ないと明日の試合に響くぞ。
コーチ
メイファン　午後じゅう休んで痛みも少しマシになったし、ただ歩くくらいなら問題ないアル。

コーチ　問題は明日、スケート靴を履いて戦えるか、あとは4回転アクセルか……。

メイファン　まあ、そういうことアル。

コーチ　でもそれなら尚更《なおさら》、きょうはもう早く寝て、明日のために――。

メイファン　寝られなかったアル。だから、ここに来たアル。

コーチ　明日は人生を懸けた大一番だ、そりゃ、昂奮《こうふん》して寝つけないのもわかるが、それでもだな――、

メイファン　(コーチの言葉を遮るように) 違うアル。

コーチ　――違う？

メイファン　試合前に昂奮や緊張で眠れなかったことなんてわたしはこれまで一度もないアル。老師達にお仕置き部屋で逆さ吊《づ》りにされたときでも爆睡してたアル。

コーチ　じゃあ、なぜ――。

メイファン　(間) ――不安アル。

コーチ　(無言でメイファンを見つめる)

メイファン　(瞳《ひとみ》を曇らせて) 不安アル。明日、ちゃんとすべれるのか。オリエとまともに戦える状態になっているのか。4回転アクセルできるのか。跳んだ瞬

コーチ　間、足がバラバラに壊れてしまわないか。それを考えると、不安で眠れないアル――。

メイファン　（無言でメイファンを見つめる）

コーチ　（苦悩を顔に滲ませ）こんな感情、これまで一度も感じたことなかったのに。これまで誰にも負ける気がしなかったし、誰にも負けたことなんてなかったのに。それがいま、どうしようもなく不安アル。オリエに勝てる気がしないアル。オリエに勝つイメージを持つことができないアル。こんなこと、はじめてアル。どうしていいかわからないアル――。

コーチ　メイファン――。（続けて、コーチが躊躇《ためら》いがちに何か言葉をかけようとしたとき突然、メイファンがコーチの胸元に飛び込むように身を投げかける。コーチ、驚いてそのメイファンを抱き止める）

コーチ　（自分に身を預けるメイファンを見つめ下ろして）メイファン――。

メイファン　（唐突に）抱いてほしいアル。

コーチ　（驚きに目を見開く）

メイファン　（男の胸元に顔を伏せ）このままひとりで部屋に帰っても眠れないアル。だから、抱いてほしいアル。

コーチ　（戸惑いをあらわに）しかし、そんな――。

メイファン　コーチとして、男として、あとで責任取ってほしいとかそんなことは絶対に言わないアル。後々、何か迫るようなことは絶対にしないアル。心配なら宣誓書でも証言の録音でもなんでもするアル。（胸元に縋《すが》りつくように）だから、お願いアル。抱いてほしいアル。（涙を流しながら）不安アル。ひとりでいると、不安で仕方がないアル。（泣きじゃくるように、だが静かに涙を流す）

コーチ　（弱さを曝《さら》け出す少女を憐憫《れんびん》の目で見下ろしながら）メイファン――。

メイファン　トロロウイルスがまた日本で流行《はや》っているらしいアル。ちょうどいいアル。今夜、処女を棄《す》てておけば感染しても重症化する心配もないアル。コーチがわたしを抱く理由、自分自身を納得させる口実が要るならそれを理由にしたらいいアル。だから、お願い――。

コーチ　メイファン――。（メイファンの肩を抱いていたコーチの手がそっと背中にまわり、抱き寄せるように――暗転）

「潮見」

シーンが終わったところで、花輪の声が飛ぶ。

演技を終えた恰好《かっこう》のまま寄り添って立つサリエロとともに、俺は花輪のほうに顔を向ける。

「それは、ありよりのなしなのか、なしよりのありなのか、どっちのつもりでやってるんだ？」

マスクをつけて壁際の長机の前の椅子にすわっている花輪が俺に問いかける。

先ほどのシーン。メイファンに突然、抱いてくれとせがまれたコーチの反応と心境、その演技についてたずねているのだった。

俺は一瞬考えて、それに答える。

「ありよりのなし、だな。――いや、だが結局は……」

はっきりと言いきれない、曖昧《あいまい》な答え方になる俺を、演出家の花輪が冷静にまっすぐ見つめてくる。

それから、花輪が言う。

「そうだな。おまえが書いた台本上では一口にはどちらと言えないだろうな。メイファンは十六歳で、コーチは大人の年齢。一般的な道徳観念や倫理上の問題がある上に、コーチは一応、あくまで劇中時点においてはメイファンのことを『そういう対象』としては見ていない、という設定になっている。だが何かのきっかけ次第でその関係性が崩れ去る危うさもあり得ると、フィギュアスケートの女子選手とその専任コーチというのはそれくらい距離の近い関係であると想定しておまえは書いてもいる。それであれば、なしよりのあり、となるだろう。一方、コーチが本当の意味でメイファンに恋愛感情はほとんど感じられなかったとしても、正当な理由と秘密の合意さえあれば、メイファンの試合前日の不安を収めるために、コーチとしての職務の全う、義務感、あとは一抹の憐憫の感情などからメイファンを抱く選択肢を取る場合も考え得ると、観客にそう想像させることも可能だ。それがありよりのなしになる」

途中で、長くなりそうだと見て取ったらしいサリエロが俺から一歩身を離す。さっきまで完璧なタイミングで頬を流れていた涙は、もうぴたりと止まっている。自分も関わるシーンなのでまあ一応真面目《まじめ》に聞いているが、直接的にメイファンとしての自分の演技について指摘されているわけではないので、他人事の顔つきをしている。

「このシーンはコーチがメイファンを抱くか抱かないかの問題じゃない。コーチがメイファンのことを劇中時点でどう思っているのか。色々な要素、問題、障害が絡《から》んだ上で、アリなのかナシなのか。どちらともとれるが、見る者にとってはアリのように見えるのか、ナシのように見えるのか。演じるおまえがそこの色付けをしないと、迷い戸惑う演技だけしたところで観客にコーチのメイファンへの感情が伝わらない」

究極的にはアリなのかナシなのか。その違いは必ずあるはずだが、それがどちらつかずの演技になってしまっていると、花輪は指摘する。

「どちらにしろというのは俺からは指定しない。どちらでも構わないと俺は思っている、この後の展開を考えるとな。どちらでも構わないが、おまえ自身が理解できていない曖昧な演技は許さない。解釈を観客に委《ゆだ》ねる手法や芝居はもちろんあるが、それは今のおまえの演技とはまた全然別の、次元の違う話だ」

サリエロの熱い身体《からだ》の感触が、まだ胸元や指先に残っている。稽古前に全員必ず検温はしていて、俺もサリエロも三十六度台前半の平熱だったのに、夏場の生身の人間の肉体、演技をする役者の身体は熱い。

「まあ、また今度だな、このシーンは。いま繰り返しても意味がない。あとまだ三週間あることだし――」

マスクをずらしてペットボトルの水に口をつける花輪の言葉に、俺は無言でうなずき返す。

普通の不織布マスクをつけているのは演出の花輪だけで、他の役者陣は俺やサリエロも含めて全員、マウスシールドをつけている。フェイスシールドと同じ透明素材をマスクの形に作ったものだ。六月に稽古を始めた当初は俺達も普通のマスクをつけて演技していたのだが、それだと口元の表情が見えずわかりづらいということで、いろいろ検討したうえで、このマウスシールドでやることになった。マスクより違和感があるし声もこもるのだが、仕方ない。

今月に入ってから、七月にしてはそれほど暑くない日が続いていたが、それが今週くらいから急に例年の夏の暑さを取り戻し始めていた。

七月二十三日。海の日。

本番まであと三週間。稽古にも皆、熱が入る。

「じゃあ、次のシーン――」

と、花輪が指示を出しかけた、だがそのとき。

稽古場のドアが勢いよく開く。

蝶番《ちょうつがい》ごとぶち飛ばすようにぶち開けられたドアの、その戸口にひとりの女の影が突如として現れたのを全員が振り返って見るなり、

「サリエロオオオオオ！」

目標を捕捉《ほそく》した、体格のでかい女が吼《ほ》えるように叫び、稽古場に乱入してくる。

夢ならばどれほどよかったでしょう――、そんな顔つきで、サリエロの顔面から一瞬で感情が消え失《う》せる。

「サリエロオオオオオ！」

ハムのような二の腕をした、布マスクをつけている十九歳の女はサリエロに向かって突進し、柔道の乱取りでも始めそうな勢いでサリエロの両肩に摑《つか》みかかると、

「オレは行くゥッッッ！　いまから遠征に行ってくるがッ！　サリエロ！　オレの留守の

あいだ、うさこのことは頼んだぞッッッ！」

所属団体のジャージに、肩からななめにでかいドラムバッグをかけた女が真剣極まりない顔つきでサリエロに後のことを託す。

熊倉《くまくら》みひろ。十九歳。サリエロが半年くらい前からルームシェアをしている同居人だった。新人女子プロレスラーで、演劇や芝居とは一ミクロンも関係がない女だが、俺達不死隊の面々とは全員一応面識がある。面識というか、今回のようにただ自然災害に遭遇した感でサリエロとみひろのやりとりを目にしただけだが。

みひろの所属団体もコロナの影響を受けてこの数ヵ月は活動休止を余儀なくされていたが、それがようやく地方巡業を再開する運びになったということのようだった。

「はいはい、もうわかってるって。死なない程度にエサはあげとくから——」

小動物を可愛《かわい》がる感性を特に持ち合わせていないサリエロが面倒そうに適当に応《こた》える。

そうすると、しかし、

「馬鹿《ばか》野郎ッッッツ！　うさぎはなッッッ、さびしいとすぐに死んでしまう生き物なんだぞッッッ！」

布マスクごしに飛沫《ひまつ》が飛んできそうなでかい声をさらに大にして、千円の店で散髪したような髪のみひろが訴える。マスクのひもがいまにもはち切れそうだった。

みひろが一週間くらい前からアンゴラうさぎを一匹飼い始めたというのは、サリエロのＳＮＳや動画配信から俺も一応知っていた。

「そんなのただの俗説でしょ。水とエサさえあげとけばそう簡単に死ぬわけが――」

「サリエロッッッ、おまえには〈こころ〉ってものがねえのかッッッ？　ちいさな生き物をいつくしむ、あたたかい、ひとのこころというものが！　母性が！　うさこはオレたちの娘だろォッ？」

「こっちに一言の相談もなしに勝手にあんたが飼い始めたうさぎにわたしは何の母性も掻《か》き立てられてませんけれど。試しに載せてみた動画も大して再生数伸びないし。あと、うさこはオス」

再生数が伸びる金の卵ならまだ可愛がる余地もあるけど、と冷静に心無い発言で苛立《いらだ》ちとお気持を表明するＹｏｕＴｕｂｅｒ。

「ていうか、きょうもうすぐ衣裳《いしょう》のひとが来るから、マジで早く行ってくんない？　迷惑かかるし」

冗談抜きにサリエロがみひろに言う。

舞台本番で着る衣裳ができあがったのでそれをきょうここに持ってきてもらう相談になっていた。

うちは現代劇の場合は普段着に近い衣裳を自前でさがしてきたり用意することもあるが、今回の芝居はフィギュアスケートのコスチュームが必要なので、メイファン、オリエ、デラクルス、カーマ・スートラの四人分に関しては衣裳を発注している。百合の知り合いのセミプロに作ってもらったのだが、以前にもうちの衣裳を頼んだことがあり、腕は確かだった。

大学の演劇サークルなんかでは役者と同じくらいかそれ以上の人数の、衣裳や照明、音響など裏方専門で役者はやらない部員がいるが、うちは演出の花輪以外は全員役者の小劇団なので、照明、音響、美術、制作、舞台監督などはいつも外部に頼んでいる。

そんなわけで、きょうは衣裳合わせをして、そのあとそれを着て劇団の公式サイトに載せる公演のCM動画の撮影もしなければならない。なので、かなり忙しく、冗談抜きでみひろの相手をする無駄な時間の余裕はない。

「わかった、もう行くがその前に……」

うさこへの愛と心配は尽きないがという顔で、みひろが肩にかけたドラムバッグのチャックを開けると、

「これを——これを腹いっぱいうさこに食わせてやってくれ！　人間が普段寄りつかない崖《がけ》の岩肌にしか生えていない、色の濃い、匂《にお》いのいい草だ！　——これを、うさこに！」

と、握りしめた草をひとつかみ、サリエロのほうに突きつける。

「このへんに崖なんてどこにもないけど」

みひろが手にした、どこで採ってきたものだかしれない野草をサリエロは胡乱《うろん》げに見やり、

「それはただの大根の葉っぱだと思うが？」

と、浜ちゃんが黒ぶちメガネをきらりと光らせて冷静に指摘する。さすハマ。

「親父《おやじ》がよく葉付きの大根を買ってくるからな。間違いない」

俺達メンバーのなかで唯一《ゆいいつ》、実家暮らしの浜ちゃんが言う。

だがみひろの耳にはそんな他人の声など届いておらず、

「とにかく、これを、これをうさこに——頼んだぞ！」

うさぎが食うのかもわからない草をみひろは勝手にむりやりサリエロが穿《は》いているジャージの腰ポケットに突っ込み、それから突然、俺のほうを見ると、

「しおみむ！ おまえ、オレんちに近かったよなっ？ おまえでもいい、できればときどきうさこの様子を見に行ってやってくれ——うさこがさびしくないように——頼む！」

と、そんなことを言いながら、懇願という名の自然災害さながら、めちゃくちゃ俺の襟元に摑みかかって揺さぶってくる。

「おい、やめ——ソーシャルなディスタンスを守っ——」

濃厚接触にもほどがある。めちゃくちゃに揺さぶられながら、俺はどうにかそれを振

りほどこうとするが現役女子レスラー相手では到底敵《かな》わない。

「心配するな、しおみむ！　この布マスクはちゃんと毎日洗ってるからなッ！」

くりかえし洗って使えるとか、そういう問題ではない。

「他人のうさぎを構ってやりにわざわざおまえの家まで行くほど俺も暇じゃ――」

「なれる！　おまえたちはふたりでひとつ！　おまえらなら世界とも勝負できる最強うさぎ飼育ゴールデンタッグになれる！」

自分の留守中のうさぎの世話のため、俺とサリエロに都合よくタッグを結成させようとしてくるみひろと、

「わたしはエサを取り換えるので、あなたはケージのうんちとおしっこの始末をお願いします」

ひとりでうさぎの世話をするのは御免だとばかりに、明らかに嫌な役回りを俺に押しつけようとしてくるタッグパートナー。

「では、神聖な誓いの指切りを……」

まだやるともなんとも言ってないのに、教会の神父ばりに急に厳かな口調でみひろがタッグ結成式を執り行いだす。

稽古が中断された苛立ちよりも不用意に関わらないのが肝心だと我関せずの態度でスマホをいじる花輪や、「何この茶番」と半笑いの百合を始めとしたメンバーたちの前で

俺とサリエロは小指を出させせられる。

　さっさと終わらせたほうが早いと、誓いの指切りのため、俺が仕方なく小指を相手の小指と絡ませようとすると、だがそこでサリエロがすっと手を引き、俺に向かっておどけた顔つきでアッカンベーしてみせる。うひゃひゃひゃひゃ、とサリエロとみひろが悪役レスラーさながら揃《そろ》ってわらう。バカがまんまと引っかかったとばかりに。

「…………」

　プロレス好きにしか伝わらないお約束のおふざけはやめろ。

「タッグ決裂、シングルマッチの挑戦状と受け取らせてもらうが……」

　おちょくられていささか気分が悪い俺のことなど、しかしみひろはもう眼中になく、

「アリーヴェデルチ！　またな！」とでかい声の挨拶《あいさつ》だけ勝手に投げて、そのままさっさと稽古場を出て行った。おそらくガチの出発時間があるのだろう。新人女子プロレスラーに遅刻は許されない。

　みひろがいなくなると即、サリエロはポケットの草を全部ゴミ箱に捨てた。

　嵐《あらし》というのか茶番というのか、ともかくそれが去ったあとは滞りなく稽古も衣裳合わせもCM動画撮影も進み、そして一日の予定をすべて片付けると、俺達は稽古場を出た。

　夜の九時を過ぎていた。

「明日は朝から顔に鍼《はり》を打って、自作PCのパーツを買いに行き、WEBデザイナー界《かい》

隈《わい》の連中とフットサルして、献血して、友人のイラストレーターの個展に顔を出して、親父の還暦祝いの店の下見をして、家に帰ったらオンライン英会話教室ときょう撮った今夜編集するCM動画をサイトに載せてSNSで告知してルイボスティーを飲んで寝る予定だ」

「生き急ぎすぎでは――?」

明日の個人スケジュールを滔々《とうとう》と語る浜ちゃんに、そのとなり、夜の街の舗道を歩きながら俺が簡単に感想を述べる。

「顔に針を刺すとどうなるんだ?」

「小顔効果と、顔の筋肉がよく動くようになる」

意識高い系男子(二十五歳)の説明に、まあ舞台に立つ役者として一応損はなさそうだが――、と適当に俺はうなずいておく。並んで歩く俺と浜ちゃんのうしろを、スマホをいじりながらコンタがついてきている。

ラーメンでも食って帰ろうという話になり、稽古場から駅までの道を三人で歩いている恰好だった。稽古場を出るところで俺がコンタを誘い、それをたまたま近くで聞いていた浜ちゃんも行く話になった。浜ちゃんは実家暮らしなので家に帰れば晩飯があるのだろうが、付き合いが良い男なので俺達と一緒に食って帰ることも多い。

「なんか、だいぶ緩んだな」

「まあ、外だし、もう夏だからな」

夜道をすれちがう人間、そのうちの三人にひとりくらいはマスクをつけていないのに目をとめて言う浜ちゃんに、俺は応える。

夏が近づきマスクが鬱陶《うっとう》しくなってくる季節だし、三密が避けられる屋外であればそこまで神経質になることもないだろうという空気が街行くひとたちのなかに広がりかけているみたいなのは事実だった。情報がまだ少なかったコロナ流行当初ほどの危機意識は認められない。

かといって、三週間後に舞台を控えている俺達がそれに追随するわけにはいかない。俺も浜ちゃんも、コンタですらも、きちんとマスクをして歩く。

交差点の信号で止まる。

と、そこで浜ちゃんが言う。

「――おい、あれ、百合じゃないか?」

浜ちゃんの視線の方向を追い、俺もそれを見つける。

「ああ、そうだな」

交差点の脇《わき》にいまちょうど一台の車が寄せて止まり、百合が舗道からその車のそばに下りるところを目にする。

「えぐいクルマだな」

黒の高級外車だった。

助手席のドアが開き、背中がV字にオープンめのミントグリーンの五分袖《ごぶそで》ブラウスにリボンベルト付きのフレアスカートから綺麗な膝下《ひざした》をのぞかせた百合が当たり前のように、ドラッグストアや牛丼屋の光を浴びた黒い車に乗る。

百合が助手席に収まると、車がなめらかに走り出し、俺達の前を走り過ぎ去るその一瞬間、運転席の男の顔が視界に入る。

「えっ、――めっちゃ年上じゃね？」

いつのまにか俺のすぐとなりに来ていたコンタが驚きの声をあげる。

俺と浜ちゃんはそれに無言でうなずきともなんともつかないものを返す。

「どう見ても、百合の倍くらいのおっさんじゃん」

マスクをつけていた運転席の背広姿の男は、四十代より下には見えなかった。

「――パパ活？　P活？」

興奮と興味本位と野次馬根性で早口になるコンタに、

「まあ、福井にいるはずの父親だとか親戚《しんせき》のおじさんっていう感じじゃなかったな」

と、浜ちゃんもそのあたりを匂わせるかのように応える。

一瞬だったし、マスクをつけていたので顔をはっきり見たわけではないが、男ぶりは悪くなさそうだった。妻子は当然ある上で愛人の一人や二人は囲っていそうな雰囲気が出まくっていた。

スマホひとつあればマッチングアプリや婚活アプリ、ＳＮＳでその気になればいくらでも相手を見つけられる時代だ。

コロナ禍がパパ活市場の需要と供給にどのような影響を及ぼしたのかは俺には知るべくもない。その行為の是非を論じる気もなく、百合が本当にそういったことをしているのかもわからない。

「あー、なんかきょうの百合のカッコ、おっさん受けしそうな服だなと思ってたんだよなー」

「女子大生感マシマシではあったな。あざといというか、なんというか」

「たしかに、あざかわだった」

そうやって男三人、ネオンの光に彩《いろど》られた交差点に立って一通りざわざわしたあと、

「百合って彼氏いるっけ？」

「さあ。特にそういう話を聞いたことないが――花輪と別れたあとは」

コンタがなにげなく口にした疑問に、浜ちゃんがいきなり初耳にすぎる情報をぶっこんできて、「――はァ？」と俺とコンタが声を揃えて振り返る。

「――え、マジ？　百合と花輪っちが？　あのふたり、付き合ってたの？　なにそれ、どういうこと？」

興奮と興味本位と野次馬根性でコンタがまた早口になり、

「いつ？　それ、いつの話？」

くわしい話をいつもの倍早口で迫るコンタに、

「もう三年くらい前だな。藤もまだいなかったころだから」

何を騒いでるんだこのバカは、という平然と冷静な顔でコンタを見返しながら浜ちゃんが答える。

「付き合ってたといっても、ほんとに短い間のことで、すぐ別れたみたいだしな」

たぶん、付き合ってみて、あ、なんか違うな、ってお互い気づいたんじゃないか、と浜ちゃん。

なるほど、と俺はそれを聞いて納得し、「絵に描いたような劇団あるあるだな」と簡単にそれだけ感想を述べる。

三年前ということは、百合が大学一年、学内の演劇サークルを抜けてうちに入ったばかりのころだ。藤も俺もコンタもサリエロも入る前の話なら、俺達が知るはずもない。当事者の百合と花輪はもちろんそんなことをわざわざ自分から話さないだろうし、ヒロさんや浜ちゃんも訊《き》かれてもないことをぺらぺら喋《しゃべ》るようなキャラじゃない。

「つか、なんでそんな基本的なことオレたち今まで知らなかったんだよ！　そういうことはもっと初期に詳《つまび》らかにしといてくれよメガネ〜〜〜！」

五つ年上の先輩の役者を薄情者のメガネ呼ばわりしてコンタはひとり騒ぎ、

「オレ、入った最初の歓迎会の飲みで男だけで二次会行ったときに百合に彼氏いんのかとか内輪で付き合ってるやついないかって真っ先に訊いたじゃん！　なんでそのときに教えてくれてないんだよ！」

「うちに入ったばかりの、いまよりも粗削りのバカだったおまえのことを当時はまだ一ミリも信用してなかったからな」

バカに磨きがかかったいまもべつに大して信用してはいないが……、という真顔でコンタに答える非情メガネ。

「ていうか、そういうのって気まずくねえのかな？　普通、同じ劇団内で付き合ってて別れたら気まずくて百合が辞めちまうとかならねえ？」

主宰の男と役者の女がそういう関係になったらと、まあ普通に考えられそうな展開を口にするコンタに、

「利害が一致してお互い割り切れていればべつに問題ないんじゃないか」

と、それにまた浜ちゃんが平然とドライな意見を述べる。

百合は不死隊という芝居をするための環境を気に入って花輪の芝居作りの手腕を買っているし、花輪も百合という役者を自分の劇団に必要な手駒《てごま》のひとりとして考えている。だから何事もなかったかのように活動を共にしている。そういうことなのだろう。

しかし悪い大人だな花輪も、と我らが主宰様についてそう考えると、苦笑がいくらかこみあげてくる。この前の緊急事態宣言明けの決起集会では俺とサリエロのことを、付き合っていたのかなかったのかみたいに話を振って冷やかしてきておいて、その実、自分は十代の頃の百合と速攻付き合って、別れて、しれっとしているのだから。

俺が見る限り、花輪は劇団の主宰としては公平な男で、元カノの百合に対して何か冷たくあしらったりきつく当たっている様子はまったく窺《うかが》えない。それは百合の側も同様で、花輪という男に何らかの未練や執着を残しているような気配は微塵《みじん》もない。となれば、もう完全に終わった話なのだろう。

そのあたりは普段の様子からここにいる三人全員がわかっていることなので、

「まあ、いいや。——で、いまはどうなのよ。百合って、彼氏いんのかな？　しおみん、知ってる？」

「いや、まったく。元カレからもらった指輪を別れたその日にメルカリで売った話ならサリエロ経由で聞いたことがあるが、それも去年の話だからな」

「わざわざ俺達には言わなそうだし、百合レベルの女なら、男くらいいて当たり前くらいに俺は思ってたが」

「敢《あ》えて訊いたこともないしな」

百合さんパパ活疑惑のほうに話を戻してまた一通り俺達はざわざわし、それから、

「でもまあ、個人の私生活《プライベート》をとやかく言う権利はないからな」

　と、浜ちゃんが俺達三人の総意を述べる。

　そう。たとえ百合が倍近い年齢の男と真剣な交際《おつきあい》をしていようと、人ならぬ道の大恋愛をしていようと、割のいい女子大生のこづかい稼ぎをしていようと、俺達にあれこれ口出しする権利はない。

　芝居以外の生活も、仲間に見せない一面も、俺達にはある。八人全員、それぞれに。

　夜の街に消えて行った、とうに見えなくなった黒塗りの車の尾灯《テールランプ》の色を、俺はしばらく思い返し、ラーメン屋のクーポンをスマホで探した。

7

第二幕・第一場

決勝戦当日の朝。宿舎ホテルのロビー。ストロングゼロのロング缶片手にほろ酔い加減の中年男（配役・坂道宏）が舞台中央でうろうろ歩き回っている。

中年男　ふい〜、やっぱホテルの中は涼しくていいわ、こりゃ。まだ朝の八時だってのに、外はクソ暑くていけねえ。のどが渇いて仕方ねえったらありゃしねえ。（ぐびりと、缶を傾けて飲む）ったく、どいつもこいつもオリンピックだなんて浮かれやがって、胸糞悪《むなくそ》ィ。オリンピックなんてクソだわ、クソ。いまからでも中止すりゃいいんだ、ばかやろう。——ぶえっくし！（盛大にくしゃみ）……あー、腹出して寝てたから風邪でも引いたかな、コンチクショウめ。あー、ションベンしたくなってきた、便所はどこだ、ばかやろう。——ぶえっくし！

中年男がうろうろと下手のほうへ行ったところで、上手からメイファンとコーチ登場。メイファンとコーチはマスクをし、リュックを背負った、試合会場に出かける恰好。メイファン、上手から登場したところですぐ、靴ひもがほどけているのに気づき、しゃがみこむ。

コーチ　足の具合はどうだ。
メイファン　（ひもを結びながら）マシになった気がするアル。
コーチ　試合開始は十三時。あと五時間か……。
メイファン　五時間でどうこうなるものじゃないアル。肚《はら》くくるしかないアル。

コーチ　まあ、そうだな——。
メイファン　(ひもを結び終えて立ち上がり、それからコーチを見上げて)……昨夜《きのう》はありがとうアル。
コーチ　あ、いや、俺はべつに——。(二人、少し気恥ずかしそうに見つめ合う)
中年男　(下手側でうろうろしていたが、振り返って二人に気づき)——ん？おっ、あいつ、中国のなんとかいうスケート格闘技の選手じゃねえか？
(面白いものを見つけたという顔で二人のほうへ近づく。二人、中年男に気づく)
中年男　(メイファンの前へ来ると)おい、おまえ、アレだろ、オリンピック出てるスケートの選手だろ。これにサインくれ、サイン。(ストロングゼロの缶を差し出す)
メイファン　(冷ややかに)嫌《いや》アル。めんどくさいアル。
中年男　いいじゃねぇか、減るもんじゃなし。おい、ほら、早くサインくれ、サイン。
メイファン　サインしたところでおまえはそれを飲み終わったらすぐにそのへんに棄てるだけに決まってるアル。火を見るより明らかアル。
中年男　じゃあ握手してくれ握手。(手を差し出す)

メイファン　(汚いものを見る目で) サインよりも嫌アル。

中年男　いいじゃねえか、減るもんじゃなし。オレ、おまえのファンなんだよ、ファン。

コーチ　(無理やり握手を迫ろうとする男に、メイファンの前に立って守るようにして強めの言葉で) なんだ、あなたは失礼な。彼女はこのあと大事な試合があるんだ、選手に不用意に近づいたり接触しようとするのはやめていただきたい。

中年男　(逆上) あぁ?　なんだテメエ、ひとを汚物扱いか、この野郎!　オリンピック選手だかそのコーチだかしらねえが調子こいてんじゃねえぞクソが!　(コーチに摑《つか》みかかったところで) ——ぶえっくし!　(盛大にくしゃみ。コーチ、顔を背ける) ——ぶえっくし!　(コーチを摑みかけた手を離し、鼻の下をこすりながら) へへっ、失敬失敬。——「オレ、トロロ」。なんつって。(へらへら笑いながらおどけたポーズ。メイファンとコーチ、嫌悪《けんお》しかない目を男に向ける)

中年男　あー、もういい、もういい。テメエのサインなんていらねえよ、ばかやろう。オレはションベン行きてえんだよ、クソが。——じゃあな、スケート選手。(上手から退場)

コーチ　（男が去ったほうを呆《あき》れて見やりながら）なんなんだ、あの男は。
メイファン　おれトロロとか、トロロの感染者が増えてるこの時期に冗談じゃ済まされないアル。通報したいくらいアル。
コーチ　まったくだな。
メイファン　時間を無駄にしたアル。行くアル。
コーチ　ああ。（下手のほうへ歩き出しながら）しかし、ほんとなんだったんだ、あの男は。
メイファン　サイタマは治安が悪いアル。（二人とも下手より退場）

メイファンとコーチが退場した後、中年男が手ぶらで上手から登場。

中年男　ふい〜、すっきりした。あぶねえ、あぶねえ、もうちょっとで漏れるとこだったわ。へへっ。（下手のほうを睨《にら》みつけながら）しっかし、さっきの奴等《やつら》はムカついたぜ、サインや握手のひとつもできやしねえとか、いったい何様のつもりだ、ばかやろう。——ぶえっくし！

中年男、舞台中央でうろうろ歩き回る。そこに、試合会場に出かける恰好《かっこう》のオリエが上手から登場。両者、すぐにお互いに気づく。

オリエ　(中年男を見るなり驚いて) 伯父さん……!

中年男　(にやにやしながら片手を挙げ) よお、オリエ。ひさしぶりじゃねえか。

オリエ　(中年男のそばまで行きながら怪訝《けげん》そうに) ——どうして、こんなところに?

中年男　どうしてって、おまえ、そりゃ可愛い姪《めい》っ子の応援に来たにきまってるじゃねえか。

オリエ　(軽蔑《けいべつ》の表情もあらわに) お酒臭い……。また朝から飲んでるのね。

中年男　そりゃ、景気付けに飲まねえとなあ。可愛い姪っ子のオリンピック三連覇がかかった一世一代の大勝負の日なんだからよお。

オリエ　よくもまあ、そんなことをぬけぬけと——ずっと音信不通で、父が亡《な》くなったときも葬儀にすら顔を出さなかったひとが。

中年男　へへっ。オレは親戚連中一同の鼻つまみ者だからな。葬式になんか顔出す気しねえわ。

オリエ　ふたりきりの兄弟、伯父さんは父のたったひとりのお兄さんなのに——。子供のころは仲の良い兄弟だったとお祖母《ばあ》さんから聞いていたけれど、兄

中年男　弟なんてそんなものなんですね。へっ、ひとりっ子のおめえにゃわからねえだろうな。浩二《こうじ》の野郎、四十やそこらでおっ死《ち》んじまいやがって、ばかやろうが。通わせるのにカネがかかるスケートで娘をメダリストにするためにとか言って馬車馬のように働いて、それで自分が病気になって死んでりゃ世話ァねえわ。

オリエ　（嫌悪しかない表情）わたし、もう行きます。さようなら。

中年男　――おいおい、ちょっと待ってくれ。（立ち去ろうとするオリエの前に回り込み）おい、なんだオリエ、冷てえじゃねえか、ひさしぶりに会ったってのによお。

オリエ　（立ち止まり、冷ややかに）まだなにか話があるの。

中年男　あるよ、大有り。ありよりのありってやつよ、へへっ。

オリエ　急いでるの。早く言って。

中年男　ちょっと頼み事があるんだよ、オリエ、おまえに。

オリエ　なんですか。

中年男　カネ貸してくれ。

オリエ　（予想通りという顔で、冷ややかに即答）お金なんてないわ。

中年男　はははっ、オリエちゃんったら、またまた御冗談を。ないわきゃねえだろ、

オリエ　オリンピック二連覇でCMにも出ていらっしゃる金メダリスト様がよう。CMやテレビの出演料は全部消えたわ。父が伯父さんの作った莫大《ばくだい》な借金の連帯保証人になって、それをわたしがすべて肩代わりさせられたせいで。

中年男　(舌を出して)てへ。

オリエ　(嫌悪しかない表情)

中年男　でも、ありゃもう昔の話だ。いまはまたちょっとくらい貸せるカネあるだろう。

オリエ　ありません。少なくとも、伯父さんに貸せるような無駄なお金は。

中年男　(不機嫌な顔つきに豹変《ひょうへん》)あぁ？　なんだ、おまえ、しばらく会わねえうちにずいぶんと生意気な口を利《き》くようになったじゃねえか。おまえを一番最初にスケート場に連れて行って滑り方を教えてやったのは誰だと思ってやがるんだ、ばかやろう。何の取柄もなかったクソガキのおまえがあの日あそこでスケートに出会ってなけりゃ、いまのメダリストのおまえもなかったんじゃねえのか、えぇ？

オリエ　(無言)

中年男　カネがかかるからって、スケートに通わせるのを最初渋ってた浩二やあいつのヨメに、好きなようにやらせてやりゃいいじゃねえかって説得して、

オリエ　ついでにパチンコで勝ったカネでおまえにスケート靴一式買い与えてやったのは一体、どこの誰だと思ってるんだ、あぁ？
中年男　（無言）
オリエ　今のおまえがあるのは誰のおかげか言ってみろ、恩知らず！
中年男　（小さく息を吐《つ》き、諦《あきら》めた顔で）……わかりました。——でもお金の詳しい話は試合が終わったあとにしてください。
オリエ　（忽《たちま》ち機嫌を直して）おお、そうかそうか。ああ、わかったわかった。もちろん試合の後で構わねえよ。うん、わかってくれりゃいいのよ、わかってくれりゃ。さんきゅ。
中年男　（複雑な面持ちで無言）
オリエ　（ぽんぽんとオリエの肩をたたき）じゃあな、試合がんばれよ。オレもテレビの前で応援して——ぶえっくし！（盛大にくしゃみ。オリエ、顔を背ける）へへっ、すまねえ、すまねえ。夏風邪でも引いちまったかな。——じゃあな、試合が終わったころにまたこのロビーで待ってるからな。よろしく。ばいばいきん。（また大きくくしゃみをしながら下手より退場。それを黙って見送ったあと、オリエも下手より退場）

オリエ役の百合と中年男役のヒロさんが脇に下がり、入れ替わりに実況アナ役のコンタと解説者役の浜ちゃんが前に出る。そして次のシーンが始まる。

八月十日。稽古《けいこ》最終日。

この二ヵ月、六月から続けてきた稽古もきょうが最後となり、明日からはついに小屋入りする。公演会場である劇場に入り、二日間で舞台の準備やリハーサルを行い、そして十三日の本番初日を迎えることになる。

稽古場を使うのは最後になるきょうは、通し稽古を行っている。衣裳《いしょう》や髪型、小道具も本番と同様に使って、台本を最初から最後まで通しで演じる。

自分の出番ではない役者は床にすわって、演技をする役者を見る。六月、台本の読み合わせから始まって、立ち稽古、抜き稽古、荒通し、通し稽古、通し稽古からの小返《こがえ》し。

自分たちがこの二ヵ月作り上げてきた芝居の最終チェックをする。

壁際《かべぎわ》の長机では、花輪と並んで音響の田村さんが椅子《いす》にかけている。今回の舞台で音響を頼んでいる田村さんもここ何日か連日、稽古に顔を出してくれている。いまの通し稽古も本番と同じタイミングで音響効果が入る。試合中に流れる勝負曲や歓声のＳＥ、その他諸々《もろもろ》。並んで椅子にかけているとはいっても、一定の距離は置いているし、ふたりともマスクをしている。

一人二役をこなすヒロさんが、中年男の衣裳を脱いでカーマ・スートラの衣裳に着替える。集中して演技と稽古が行われているなかで、それを見て、藤が低い声で笑う。

「シャンシャンうるせえな」

カーマ・スートラの試合用コスチュームは衣裳のひとに作ってもらったものだが、それをさらにヒロさん自身がインドの踊り娘風《こ》にアレンジを加えまくって、動くたびにシャンシャンシャンシャラシャラ鳴る細い金色の鎖や小さなメダルみたいなアクセサリーをたくさんつけている。メルカリとヤフオクを駆使して用意したらしい。メンバー最年長の生着替えに、百合とサリエロは無論一ミリの興味も示さないし一顧だにくれない。

サリエロは目の前のコンタと浜ちゃんの演技しか見ていない。それ以外のこの世界のすべてのものが目に入らないかのように、進行する自分たちの芝居しか見ていない。いつもはただ背中に流している蜂蜜色《はちみついろ》の長い髪を役柄に合わせてダブルお団子ヘアにしてそのお団子からそれぞれ細く長い一房を垂らしているその横顔と真剣な眼差《まなざ》しは、李美芳のものではない。普段の頭の悪いサリエロでももちろんなく、それは紛れもなく劇団不死隊に所属する役者、美木沙里英の顔つきだった。役者の顔つきで、舞台上を仮定した空間を見つめ、そして自分の出番になると一瞬で役柄に入り、李美芳になる。サイタマ五輪に出場する十六歳、中国代表の若きバトルフィギュアスケート選手に。

きょうはこのあともう一回、通し稽古がある。それが本当の最後になる。

抜き稽古や自主練で全員が顔を揃えていない日もあるが、それでもこの二ヵ月で俺達が稽古場に集まったのは計四十日以上に亘《わた》る。稽古のない日も、宣伝用のビジュアル撮影、公演のDM・案内状を送る作業、他劇団のパンフへのチラシの折り込み、小道具調達、チケットの準備、演劇情報サイトやローカル情報誌の取材、ネットラジオにゲスト出演しての告知と、なんやかんや色々あるのでほとんど毎日のようにメンバーとは顔を合わせている。

一日2ステージを三日間。

その全6ステージのために、自分が使えるほとんどすべての時間を費やし、忙しい日々を送った。

すべての作業に、コロナの影響は密《ひそ》やかに侵食するように常に俺達のそばにあり、いつもとは勝手が違うことも少なくなかった。明日からの小屋入りはきっと、もっと大変な作業になるだろう。コロナ対策は万全に、劇場を準備しなければならない。それをクリアしないことには、今年、観客の前で舞台に立つことは許されない。

通し稽古が進んでいく。

コンタが長台詞《ながぜりふ》で噛《か》んだ。机に肘《ひじ》をついた主宰様、花輪の眼光の冷ややかさが一瞬増す。

ひとつのシーンが終わり、次のシーンが始まる。芝居が始まりから終わりに向かって止まることなく流れていく。
　全編通して要所要所で履くことになるローラーブレードが俺達の脇にはそれぞれ置かれている。相当に履き込まれたそいつらも、静かに自分の出番を待っている。

8

第二幕・第三場

　選手控室。メイファン、選手団ジャージ姿で舞台中央、椅子のそばに立ち、携帯を耳に当てて話している。近くには小さな衝立《ついたて》がひとつ立っている。

メイファン　——あ、お母ちゃん？　わたしアル。メイファンアル。——うん、あと一時間で試合アル。——緊張？　まったくしてないアル。——うん、絶好調アル。わたしはいつも絶好調アル。不調というものを知りたいくらいアル。お父ちゃんはどうしたアルか。そこにいるアルか。——ああ、畑に行ってるアルか。おばあちゃんは？　——そうか、鶏小屋アルか。わたしの試合までには帰ってくるアルな？　——よかったアル。わたしの一世一代の大勝負アル。みんなでテレビの前で見ててほしいアル。――え？　そんなこと気にする必要ないアル。わざわざ日本まで来て現地で観戦するなんて面倒でお金がかかるだけアル。日本ではいまトロロがまた流行《はや》ってるから危ないアル。弟《ハオラン》は、あいつは童貞アルから余計危ないアル。童貞は重症化の危険高いアルからな。おまけにサイタマは治安が悪いアル。今朝もホテルのロビーで頭のおかしい酔っ払いに絡《から》まれたアル。――うん、コーチも一緒だったし、それはべつに大丈夫だったアル。――うん、だから大丈夫アル。みんなでテレビの前で応援してくれればそれで充分アル。わたしは試合中いつも、故郷《くに》にいるみんなの応援を感じているアル。世界のどこで試合していても、お父ちゃん、お母ちゃん、おばあちゃん、ハオラン、みんなの応援がいつも聞こえるアル。だからきょうも会場はオリエの応援ばかりの超アウェーになるけど、まったく気にならないアル。わたしはオリエを倒して勝つアル、4回転アクセルで。そして金メダルを絶対に中国に持って帰るアル。――え、四年後の大会？　二連覇？　うーん、前にも言ったけど、それは無理アル。四年後のことはわたしはまったく考えていないアル。きょう優勝して、すっぱり競技生活は引退するアル。……オリンピックを二連覇したオリエはすごいアル。メダルを目指すレベルの過酷なトレーニングと自己管理を四年間続けるというのは並大抵の努力や精神力ではとてもできないアル。オリエは二十四アル。選手としての全盛期《ピーク》は二十歳くらいの頃で、もうとっくに過ぎてるし、長く選手生活を続けていれば当然、怪我《けが》や故障も増えてくるアル。それでもそれを全部乗り越えて、オリエはきょうの決勝まで勝ち進んで来たアル。それは本当にすごいことアル。わたしには真似《まね》できないアル。わたしとはまた違った種類の天才アル。この一、二年、怪我で欠場が続いていたのに準決勝までの試合を見るとコンディションがかなり良いアル。さすがアル。この大会に、きょうの決勝にすべての焦点を合わせて、完璧《かんぺき》に調整してきたアル。でもオリエに三連覇はさせないアル。勝つのはわたしアル。勝って金メダルを首にかけるのはわたしアル。だからわたしの最後の戦いをみんなで見守っててほしいアル。金メダルを賭《か》けた、すべてを懸けて戦うわたしとオリエの最初で最後の勝負を見届けてほしいアル。――もう切るアル。そろそろ着替えないといけないアル。――うん、試合が終わったらまた電話するアル。試合開始までハオランにはちゃんと宿題や塾の復習をさせないといけないアル。頑張って勉強しないと、良い大学には行けないアル。高校や大学に行かなくていいのはわたしみたいな一握りの天才だけアル。ちゃんと勉強しないとおみやげのスイッチ買っていってあげないアル。お母ちゃんからそう言っといてほしいアル。――じゃあ、切るアル。――うん、頑張るアル。

メイファン、通話を切り、足元のリュックを開けると携帯をそこにしまい、かわりに試合用のコスチュームとスケート靴を取り出す。手に取ったそれをしばし見つめ下ろし、スケート靴は床に置くと、衣裳だけ手にして衝立の陰へ行く。そしてジャージを脱いで着替え始める。肩から上だけが衝立から出ている。肩から下は衝立に隠れて客席からは見えない。着替え終わると、衝立の陰から出て、椅子のそばに戻る。

メイファン　（コスチュームを着た自分の身体《からだ》を眺めて）これを着るのもきょうが最後アルな……。（感慨深げな眼差しをしているところに、突然、ドアを大きく開く音。メイファン、上手のほうを振り向く）

「これ、結構おもしろいじゃん」

シーンの途中で動画の再生を一時停止して、玲恩が言う。

「あったりまえだろ、おれたちの芝居なんだから」

褒められて悪い気はしないというように、単純な性格のコンタが得意げに言って、

「二日目の昼《マチネ》だけまだあと二、三枚チケット残ってるぞ。見に来るならお友達価格で売ってやるが」

全6ステージのうち5ステージは完売になっているチケット情報を俺が教えてやると、

「いや、べつにそこまでは。だって、これ、本番とまったく同じようにやってるリハーサルでしょ。それを見てんだからわざわざチケット買って劇場に行く必要ないじゃない」

と、もともと演劇に興味がゼロの玲恩がわらう。

「あー、おまえ、わかってねーなー！　芝居ってのは映像で見るのとナマで劇場で見るのとはまっっったく全っっっ然違えんだってば！」

ちっちゃいプラスチックのスプーンでプリンを食っていた手を止めて、コンタが声を大にして主張する。

すると、玲恩が肩をすくめるようにして、

「はいはい、臨場感推《お》しね。実際に客席で見ると臨場感とか没入感が違うってアレでしょ。いやまあそれはわかるし実際そうかもしんないけど、でもべつに有料オンライン配信とかでよくない？　いまは特にコロナのこともあるし、わざわざ劇場まで出向かなく

てもこうやって動画で見たほうがいつでも好きなときに何回でも繰り返し見られて便利なんだけど。あんたの滑舌、ところどころ何言ってんのかわかんないとこあるからそういうときもすぐ巻き戻して見られるし」

「バッッッカ、それも含めて役者と客席のあいだの一度きりの時間と感動の共有——芝居っていうナマモノの醍醐味《だいごみ》なんだよ！」

素人《しろうと》にすら指摘された自分の滑舌の悪さをなんとかうまいこと誤魔化そうとするコンタ。

「なんか言ってやれよ、しおみんも！」

援護射撃を要請してくるコンタに、

「まあ、映画と違って芝居は客席では飲食禁止だからこうやって動画見ながら飲み食いもできないしな」

と、さけるチーズを裂きながら俺が言うと、えっ、とコンタが裏切られたような顔をして俺を見る。

「はい、じゃあ、そういうことで。チケットはおれが買わなくてもどうせ初日が終わったらあと二、三枚くらい余裕で売れるっしょ。これくらいまあまあ面白かったら」

公演初日が終わると必ずといっていいほどその感想がSNS上に上がるので、その口コミや評判で大体残りのチケットも売りさばけるといういつもの流れを知っているのか

知らないのか玲恩は言って、

「おれなんかが半分義理で行くより、ちゃんと演劇が好きなひとが見に行ったほうがいいよ。あんたらが気合入れて作った、せっかくのおもしろい舞台なんだから」

今回はコロナ対策で客席間の距離を空けるため席数を大幅に減らしている事情も察しがついているのか、玲恩はそんなことを言って、畳にあぐらをかいていた姿勢から腰を上げる。

動画を再生するPCを置いたちゃぶ台を三人で囲んでいたところから立ち上がり、

「トイレ行ってくるアル」

玲恩はそう言って、六畳間を出ると、台所を通って玄関のドアを開け、俺の部屋を出て行く。

風呂《ふろ》がなく便所も共同のアパートなので、この二階の廊下の端にある便所へと旅立ったのだった。便所に行くくらいではマスクはつけていっていない。二ヵ月くらい前はずいぶん警戒していたような玲恩だったが、最近はもうこのコロナ事態下での生活に慣れたのか警戒心が麻痺《まひ》してしまったのか、そこまで神経質になることもなく、外に出るときしかマスクはつけていないようだった。緊急事態宣言が解除された五月や六月の頃よりはまた感染者数もかなり増大しているのに皮肉なものだった。

「なんだ、あいつ、結構わかってんじゃん」

少し見直したというようにまたプリンを食いながらコンタが言って、俺はそれにこたえる。

「世間と没交渉の仕送りニートにしてはな」

素人だからといって無知とは限らない。

ただ、俺達の芝居は演劇マニアにだけ向けて作っているわけではない。芝居好きを満足させるこだわりとクオリティは守りつつ、それまで演劇に興味を持っていなかった層にも届くものを、俺達の芝居をきっかけにして新しく興味を持ったり演劇を好きになってもらえるようなそういうものをと思って作っている。

スイカの皮や枝豆の殻が盛られた皿と並んでちゃぶ台の上に置かれたPCを眺める。

シーンの途中の中途半端《はんぱ》なところで一時停止された動画。

三人で見ていたのは、きょうのゲネプロを撮影した動画だった。ゲネプロは劇場の舞台で公演本番とすべてまったく同様に行うリハーサルだ。舞台セットも衣裳も音楽も照明も、すべて本番と同じ状態に作り上げた上でリハーサルする。

稽古場での稽古を一昨日《おととい》で終え、俺達、劇団不死隊は昨日の八月十一日、小屋入りした。

劇場は区が運営している小規模の演劇ホールで、通常の席数は最大三百だが、今回はコロナ対策でそれを半分に減らしている。劇場内及び観劇中も観客は全員マスク必須《ひっす》、客には劇場に入ってすぐ、受付の手前と、客席に入る手前の二回、手指をアルコール消毒してもらう。チケットのもぎりもスタッフが行わず客自身にやってもらう。サーモカメラでの検温も当然、劇場入口で行う。

昨日、小屋入り一日目は劇団メンバーと劇場スタッフ総出で、本番を迎えるための舞台設営の仕込み作業に追われた。荷物の搬入に始まり、舞台セットを組んだり、灯りの位置を決めて照明を吊《つ》ったりスピーカーを吊ったり、受付の準備、客席の準備、照明・音響のオペレーション確認、ビデオ撮影のセッティング等々。

そして小屋入り二日目のきょうは、朝は昨日の続きで諸々の確認作業、昼からその組み上げた舞台上で場当たり稽古、夜にゲネプロ。

ゲネプロのとき、舞台袖で出番待ちしている最中に鼻血を出したことを思い出し、笑ってしまう。気持が多少は昂《たか》まっていたにしても、本番の舞台でも鼻血なんてこれまで出したことがないのに、なぜあのタイミングで出てきたのかがわからない。細い一筋の、血の滴《したた》り。これも、若さだろうか。説明もなしにいきなりサリエロに拭《ぬぐ》われるまで、鼻血が出ていたことにすら気づかなかった。

ともあれ、そういった忙しい一日を終えて、ようやく一時間前にアパートに帰ってきた。

とにかく忙しかったし体力的にも疲れたが、それと同じか、いや、もっとそれ以上に、いよいよ始まるのだという充実感がある。この二ヵ月準備してきたものがついに完成し、劇場に足を運んでくれるお客さんに明日から見てもらえるという昂揚感《こうようかん》。稽古が始まるさらに一ヵ月以上前から俺は台本を書き始めていたので、その思いも尚更《なおさら》だった。

疲れてはいるし、明日も朝からもう一度ゲネがあり、それから昼の本番1ステージ目を迎えるので、早目に寝たほうがいいと、それはわかっているのだが、大体いつも初日前日は昂奮して寝つけない。どうせそれならと、まったく同じ体質らしいコンタを誘って一緒に帰ってきた。風呂は劇場の楽屋にシャワーがついているのでそれを使った。

普段は原チャリ移動だがパンクしてまだ直せていないらしいコンタと駅から歩いて帰ってきて、アパートの外玄関から中に入ろうとしたところで、庭でひとりで花火をしている仕送りニートを見つけた。

スーパーかコンビニで買ってきたらしいファミリーパック的な花火とバケツをそばに置いて夜の十一時にひとりで花火をしている玲恩に、

「おまえ、なにしてんの？」

怪訝そうな、理解できないものを見る目でコンタがたずねる。

「花火だけど」

マスクをつけた玲恩が平然と答える。それなりに平静を保っているが、誰もいない庭でわざわざマスクをしているのは通りすがりの人間に見られたときの若干の気恥ずかしさを紛らすためだろうと思われた。

「いや、花火してんのは見りゃわかるけど。……虚《むな》しくねえ？　ひとりでやってて」

家でひとりでじっとしているのが苦手なタイプのコンタの問いかけに、

「べつに。おれはやりたいときはやるよ。ひとりでも、花火でも」

特に強がるふうでもなく、ニュートラルなテンションで玲恩はそう答える。両手にそれぞれ持った細長い花火から、きれいな色の火花が噴き出す。夜のなか、鮮やかな炎の色に照らされて、玲恩は立つ。

一緒にやらないかと玲恩が俺達を誘うことはない。俺もコンタも疲れているので、さすがに花火ではしゃぐ気分でもない。

コンタはやっぱり理解できないというように同い年、二十歳の玲恩のことを眺める。放っておいて行こうと目で訴えかけるコンタにうなずき、だが俺はアパートに入る前に玲恩に声をかける。

「大家さんにスイカをもらったんで今から食うんだが、おまえも来ないか」

すぐ近くに住んでいる大家にいつも通り家賃を手渡しで払いに行ったら、俺が芝居をやっているのを割と応援してくれている大家さんがスイカをくれて、それを冷蔵庫で冷やしてあったので、俺が玲恩に声をかけると、

「いや、いい。おれも奥さんにもらった桃、さっき食ったばっかだし」

大学中退してその後ほとんど外に出ない生活を続けている仕送りニートのことを割と心配してくれている大家の奥さんから玲恩も季節の果物をもらっていたらしく、そう応える。

「そうか」

まあそれ以上強く誘う気もせず、俺とコンタはアパートに入り、二階の俺の部屋へ上がった。

ふたりとも入念に手洗いとうがいをしたあと、冷凍の枝豆をレンジでチンし、スイカを切り分け、さすがにこの時間から酒を飲むと明日に響くので麦茶やコーラにして、さっきやったばかりのゲネプロを撮った動画をさあPCで見ようかと準備が整ったところで、

「うま」

塩をふった冷えたスイカの一切れにさっそくかぶりついたコンタが、やっぱ夏はスイカだわ、夏の味だわ、と疲れた体にこの果物の水気がちょうどいいというように満足げな顔で言ったかと思うと、スイカを手に持ったまま畳から立ち上がり、扇風機以外に冷房もない部屋の窓の網戸をいきなりからりと開け、

「おーい、ニート。おまえも来いって。スイカうまいから」

と、窓から身を乗り出して、下の庭にいる玲恩に呼びかける。

数瞬、間があって、それからコンタが網戸を閉めて、また畳にあぐらをかいてすわり直す。

「来るってさ」

コンタのその言葉通り、五分後に玲恩が俺の部屋に来て、そして三人でスイカを食い、明日の舞台のリハーサル動画を見始めた――。

玲恩がトイレから戻ってくるのを待つ。

勝手に抜けて便所に行くのではなく、わざわざ一旦《いったん》、動画を止めたのは、用を足してくるその一、二分のあいだも見逃したくないくらいには俺達の舞台が面白いということを証明している。

時計の針はもう零時をまわっている。日付が変わって、八月十三日。開演は十四時。あと半日で本番の舞台が始まる。

この動画を見終わったら、玲恩は自分の部屋に帰り、俺とコンタは明日もそれなりに朝が早いのでさっさと寝る。そして起きたら、劇場へ行く。

と、そういったことを頭のなかで考えていると、そのとき、畳の上に置いている俺の携帯がふいに鳴った。

電話の着信だった。

「誰？」

プリンを手にしたコンタが訊く。

劇団メンバーの誰からかと訊いているのだった。こんな遅い時間にかけてくるのはメンバーの誰かとしか考えられない。

「花輪だ」

スマホの画面を確認しながら俺は応えると、電話に出る。

「潮見。まずいことになった」

いきなり、電話口の向こうから花輪が言った。

いつにない、その真剣な声の調子で、深夜の時間、一発で俺の目が覚める。嫌な予感が胸に兆《きざ》す。

何がと問い返す間も与えず、花輪が早口に告げる。

「浜田の父親がコロナに感染した」

実家暮らしの浜ちゃんの同居している家族がコロナに感染したという、その事実を聞かされ、一瞬、何も考えられなくなる。

そばにいるコンタに視線を向ける。こちらを見返したコンタも、俺の表情からすぐに何か異変もしくは不吉なものを感じ取った顔に変わる。

ちゃぶ台の上に置かれたPCの画面が目に入る。試合用のコスチュームに着替えたメイファンとして舞台に立っているサリエロの姿。

十三時間後に上がるのを待つばかりとなっていた舞台の幕。それが決して開かれないかもしれない、あらゆる重苦しい可能性が忽《たちま》ち暗雲のように、俺の頭のなかで凄《すさ》まじい勢いで渦巻いていた。

III.

YOU ARE GOING TO THE THEATER

9

第二幕・第三場（つづき）

メイファン　（コスチュームを着た自分の身体を眺めて）これを着るのもきょうが最後アルな……。（感慨深げな眼差しをしているところに、突然、ドアを大きく開く音。メイファン、上手のほうを振り向く）

コーチ　（飛び込むように上手から登場して）――メイファン、大変だ！

メイファン　どうしたアルか？

コーチ　きょうの決勝が中止になった！

メイファン　（驚き）――どういうことアル？

コーチ　（急《せ》いた口調で）この会場内でトロロウイルスの集団感染《クラスター》が発生した。いま凄《すさ》まじい勢いで感染・発症・重症化の波が入場客、関係者問わず広がっている。このＳＳＩＡ《さいたまスーパーアイスアリーナ》だけじゃなく各試合会場で同時多発的にク

メイファン　ラスターが発生しているらしい。それを受けてＩＯＣがたったいま、全日程の中止、今大会そのものの終了を急遽《きゆうきよ》決定した！

コーチ　（唖然《あぜん》）それは、試合の延期もないということアルか？

メイファン　ああ、そのようだ……。サイタマ五輪そのものがもう完全に中止、終了ということだ――。

コーチ　（呆然《ぼうぜん》）そんな――有り得ないアル。あと三十分で決勝戦――オリエとわたしの最後の戦いが始まるところだったのに――！

メイファン　君の気持はわかるし、俺も無論同じ思いだが、しかしこればかりは仕方ない。このまま爆発的に感染が広まれば取り返しのつかない事態になってしまう――。だからもう、こうなった以上、オリンピックを続けることはできない。

コーチ　（まだ納得できない表情で）どうしてクラスターが？　トロロ対策はしてたはずアルし、そもそもトロロは童貞と処女以外は重症化の危険が低かったはずアル。それがどうしてこんな急に――？

メイファン　それは俺もわからないが、ウイルスが突然変異した可能性があるらしい。オリンピック開催反対強硬派のバイオテロの噂《うわさ》も――。

コーチ　そんな――有り得ないアル――。

コーチ　とにかく、ここは危ない。トロロは重症化すると精神錯乱を引き起こす。大量の重症化した感染者の暴徒化がもうすでに始まっている！　早くここを出てホテルに戻るんだ！　さあ、行くぞ！

メイファン　（しばしの沈黙のあと、頑《かたく》なな表情で）――嫌《いや》アル。

コーチ　メイファン――！

メイファン　この会場を出たら、もう永久にオリエとの決勝戦ができなくなるアル。オリエに勝って、中国に金メダルを持って帰ることができないアル。

コーチ　馬鹿《ばか》なことを言うな、もう大会中止は決定済、どうあっても覆《くつがえ》らない。ここにどれだけいても決勝戦は行われないし、誰にも金メダルは授与されない！　愚図愚図していてトロロに感染し重症化すれば下手すると命の危険もあるし、快復しても失明その他の後遺症が残る可能性が高いのは君も知って――

コーチの説得の途中でいきなり、ドアを大きく叩《たた》く音。メイファンとコーチ、音のほう、上手を同時に振り返る。コーチが「――誰だ！」と誰何《すいか》するも応答はなく、さらに激しくドアを叩く音と、ドアノブをガチャガチャ乱暴に回す音。メイファンとコーチ、緊張した面持ちで身を固くして上手を見つめる。と、ふいに静かになったと思うと、その直後、凄まじい破壊音とともに、吹っ飛んだドアが上手袖《そで》から舞台に投げ込まれる。驚きに固まるふたりの前に、レジ袋を頭からすっぽりかぶって顔を隠した上半身裸の屈強な男（配役・藤原拓郎）が大きな戦鎚《せんつい》を両手で持った恰《かっ》好《こう》で上手から登場する。

男　（意味不明な雄叫《おたけ》び）うおああうあああおああ！

メイファン　有料のレジ袋を頭からかぶっているアル！　精神が完全に錯乱しているアル！

コーチ　まるで、これはもう――トロロゾンビだ！

男、じりじりと二人ににじり寄る。コーチ、メイファンを後ろに庇《かば》うように守って立ち、メイファンはコーチの背にすがりつくようにして男を見つめる。と、突如、男が雄叫びを上げ、戦鎚を振り上げて二人に襲いかかる。二人、男の攻撃を危ういところでかわし、逃げる。男の脇《わき》を通り抜けて上手のほうへ逃げたいが、男が立ちふさがり、それをさせない。二人、徐々に下手のほうへ追い詰められていく。コーチの背後のメイファン、部屋の隅に追い詰められた仕草。コーチも自分たちが追い詰められたことに気づく。男、喜色に満ちた雄叫びを上げ、戦鎚をゆっくり振り上げる。二人、固まったように目の前の暴漢をただ恐々と見つめる。戦鎚が今にも振り下ろされようとした、しかしそのとき、頭巾《ずきん》付きのケープをまとった、頭巾を目深《まぶか》にかぶって顔を隠した人間が上手から駆け込むように登場。謎《なぞ》の人物、風のように音もなく素早く走り来ると男に背中から組み付き、足払いをかけ、男の体勢を崩すと、そのまま一緒に床に倒れ込む。倒れた拍子に、ケープと頭巾が外れて、謎の人物の顔があらわになる。それを見て、メイファンとコーチ、驚く。

メイファン　――インド娘！

コーチ　どうして、ここに……！

カーマ・スートラ、もがき暴れる男に寝技の体勢で組みかかり、そこから腕ひしぎ十字固めに移行。相手の肘《ひじ》を伸ばしきって完全に技を極《き》めようとするカーマと、それをさせまいと必死で抵抗する男の間で拮抗《きっこう》状態になる。

カーマ　（男をどうにか抑え込みながら、意外に可憐《かれん》な声で）いまのうちに。はやく逃げて――中国のひと。

メイファン　（困惑）どうして、おまえがわたしを助けてくれるアル――？

カーマ　わたしのオリンピックはもう終わったから。きのう、立花オリエに負けて。でも、あなたのオリンピックは、まだ終わっていない。……だから、逃げて。

メイファン　(唇を嚙《か》みしめるように悔しげに)決勝は中止になったアル――もうオリンピックは終わってしまったアル。

カーマ　……ええ、サイタマ五輪はもう終わってしまった、突然に、こんな理不尽なかたちで。――でも、あなたと立花オリエの勝負の決着はまだついていない。そうでしょう?

メイファン　(無言)

カーマ　どちらが強いのか、あなたたち二人の勝負の行方を、それを見届けるために、きょうわたしはこの試合会場に来た。そして試合の中止を、大会自体の中止を知った。わたしは怒りを覚えた、わたしたちの人生最大の舞台をいとも簡単にぶち壊すトロロウイルスに、そしてこの世界に。わたしは怒りを覚えて――(そこで激しく咳《せ》き込む)

コーチ　(苦しげに咳き込むカーマを見て察する)きみ、もしかして、もう――。

カーマ　……ええ、わたしももう感染してしまった。朝の便でさっさと帰国するようにコーチたちからは強く言われていたけれど、でもわたしはそれに従わなかった。あなたたちの試合を、圧倒的に強いあなたと、わたしを倒した立花オリエの試合をこの目で見届けたかったから。そしてこの会場で、感染した。でも、後悔はしていない。ここに来ていなければ、あなたたちを助けることもできなかった。

メイファン　インド娘――。

カーマ　だから、はやく逃げて。わたしがこの男を抑え込んでいられるあいだに。

メイファン　でもスケート靴を履いてない、リンクに立っていないバトルフィギュア選手は、いまのおまえは普段の力の半分も出せないアル！

カーマ　大丈夫、そのための、この寝技――（激しく咳き込む）

これまでになく激しく苦しげに咳き込み、力が緩んだその隙《すき》をついて、男が腕を抜き、カーマに襲いかかる。カーマ、組み伏せにかかる男に必死に抵抗し、危ないところで再び男の腕を取ることに成功するとまた腕ひしぎ十字固めに入る。

カーマ　……長くは保《も》たない。だから、はやく逃げて。

メイファン　インド娘――（思わず加勢に駆け寄ろうとするメイファンを、コーチが制する。男、激しく咳き込み、頭にかぶっているレジ袋の内側にケチャップ

カーマ　の赤い液体が喀血《かっけつ》したごとく飛び散る）

……駄目。わたしやこの男にこれ以上近づくと、あなたまで感染してしまう。誰よりも強くて、若くて、注目されているあなたが感染して、声高にオリンピック反対を叫ぶ連中の思惑通りになってしまう。そんなのは、悔しすぎる。そんなのは、許さない。……わたしはそんなこと、絶対に許さない。（激しく咳き込む）

メイファン　インド娘――。

カーマ　（最後の力を振り絞るように）……コーチのひと。はやくこのひとを連れて行って。安全な場所まで。またいつか、彼女が戦える舞台が整う日が来るまで。

コーチ　（カーマの覚悟を見つめ返しながら無言でうなずき、メイファンを促す）

メイファン　行こう、メイファン。

（躊躇《ためら》いの気持が振り切れずカーマを見つめるが、再度コーチに促され、決心を固めるとうなずき返す。コーチと二人で上手に向かって駆け、途中、舞台中央、荷物のそばに置かれていたスケート靴だけ摑《つか》み上げるとまた上手へ急ぐ。そして上手ぎりぎりのところまで来ると、立ち止まり、振り返る）

カーマ　（儚《はかな》げな微笑）さようなら、中国のひと。
メイファン　謝謝《シェシェ》。――再見《ツァイチエン》。（前を向き直ると素早く退場。暗転）

「おまえが一番乗りなんて珍しいな」

水銀灯の灯りしかない夜の公園のベンチにひとりでかけているサリエロが、スマホの画面から顔を上げる。

寝巻がわりにしているようなボートネックのTシャツとピカチュウ柄の五分丈のレギンスの恰好でサリエロは顔を上げて、俺とコンタを見ると、

「わたしの家がここから一番近いから」

冗談を言う気にもなれないらしい、稽古《けいこ》と本番以外では遅刻常習者がマスクをつけた顔で不機嫌そうに応《こた》える。近くに真っ赤なママチャリがとめてある。

「さすがに今夜は天使の羽根がついたローラーブレードは履いてこなかったんだな」

ローラーブレード上達のために近所に出かけるくらいならどこへ行くにもそれを履いて出るというなかなか非常識な役者魂を見せていた自称看板女優がいまは紫のサンダルをつっかけているだけなのを見て、俺が敢《あ》えていつもの軽い調子で言うと、

「それ、お応えしないといけない掛け合いですか。いまのこの状況とテンションにおい

ても」

おまえの相手をする気分じゃないという不機嫌まるだしの態度をサリエロは見せる。

「リモートで集まるのをおまえが拒否ったから俺達全員ここに出向く羽目になったと花輪からは聞いているんだが」

蒸し暑い熱帯夜にわざわざここまで歩いてこさせられた俺の言葉に、

「リモートとか、まだるっこしい。いざってときに摑みかかれないし」

と、田舎のヤンキーみたいなせりふをサリエロが吐く。

「摑みかかるって、誰にだ。花輪か、それとも浜ちゃんか？」

問いかける俺を、サリエロが軽く睨《にら》みつけるように見る。それから鬱陶《うっとう》しそうに答える。

「浜ちゃんは悪くないじゃない。実家でいっしょに住んでる家族が感染しただけ。そんなの、どうしようもない。――浜ちゃんは悪くない」

苛立《いらだ》たしげに俺に視線を向けるサリエロがその程度の理屈は理解できるくらいの理性は残しているのだとわかり、つける薬のない正真正銘の馬鹿ではないのだとわかって、俺は安心した。

「悪いのは、コロナか、このクソみたいな二〇二〇年の自粛ムードな世の中でしょ」

吐き棄《す》てるように言い捨てて、あとはもう他のメンバーが揃《そろ》うまで口を利《き》きたくないというように、サリエロはひざの上のスマホにまた視線を落とす。そこには、そのスマホの画面には、俺達が十二時間後に演じるはずだった舞台のリハーサル映像が映っている。画面のなかの舞台に立つメイファンはダブルのお団子ヘアで、それを無言でじっと見つめるサリエロは長い蜂蜜色《はちみついろ》の髪をただ背中に流している。

それほど遠いというわけでもないこの公園までアパートから歩いてきた俺とコンタは、コンビニのソイラテを脇に置いてサリエロがかけているその同じベンチに腰を下ろすことはなく、携帯を軽くチェックするくらいであとは手持ち無沙汰《ぶさた》に立つ。普段は重い空気や沈黙、難しいことを考えるのが苦手なコンタも口を開かず、複雑な心境の面持ちで立っているだけだった。

繁華街からは遠いし時間ももう一時を過ぎているせいか、公園に俺達の他に人影はない。電灯の周りを羽虫が音もなく飛び交う、夏の夜のじっとりと暑い静けさがあるのみだった。

ほどなくして、百合が自転車で来た。

「パパのおクルマでご登場じゃねえんだ」

公園の入口に自転車をとめる普段着の百合を見て、コンタが言う。

三週間前、稽古帰りに百合がずいぶん年の離れた男の高級外車に乗って去っていった光景を見かけた夜の記憶がよぎる。

俺達が目撃したあの一場面が、パパ活の類《たぐい》と決まったわけではない。

こちらに歩いてくる百合本人に、だがそれを確かめたり冷やかす度胸や蛮勇をコンタごときが持ち合わせているはずはない。ただでさえ余裕のない状況で、下手に怒らせると冗談では済まされない場合も多々ある。それくらいのことはコンタも弁《わきま》えている。

俺達の前に来た百合は、俺達と似たり寄ったりの、落ち着いてはいるが、まだ色々なことが頭のなかで整理しきれていないという、言葉少なな、すっきりしない表情だった。

それからさらに十分ほどして、藤がバイクで、そのあと、ヒロさんが電動アシスト自転車で来た。ふたりもほとんどしゃべらない。

最後に、花輪が原付で来た。浜ちゃんは来ていない。

これで全員だった。

「電話でも一応簡単に説明はしたが、全員揃ったからあらためて、今の状況、現時点でわかっていることと決まっていることをこれから話す」

前置きは抜きで、花輪が話を始める。劇団の主宰として、代表として、メンバー全員に説明をする。

「浜ちゃんは来ねえの」

半ば理解はしているが訊《き》かずにいられないというように、コンタが質問を差し挟む。

「ああ、当然来ない。浜田は感染者の濃厚接触者で、浜田自身も感染している疑いがある状態だからな」

「でもそんな今更――」

抗議に近い声をコンタがあげる。

確かに、今更な話だった。浜ちゃんはつい数時間前まで、そして連日、俺達全員と行動を共にしていたのだ。稽古場や劇場という空間のなかで。

だが、どれだけ今更な話であろうと、俺達がいま集まっているのが屋外の公園であろうと、安全な距離を保って立っていようと、全員がマスクをつけていようと、浜ちゃんがこの場に来ることは許されない。浜ちゃんがコロナに感染しているかもしれず、その浜ちゃんからいまこの場で新たに俺達が感染する可能性がわずかでもある以上は。

「本当は、俺達がいまここにこうして集まっているのも、本来は避けなければならないし、褒められたことではない」

花輪の言葉を、全員無言で聞く。

理屈はもうすべて全員わかっているのだ。この半年間のコロナウイルスに関する報道、その状況下での生活のなかで。

「浜田の親父《おやじ》さんの勤め先の同僚に陽性反応が出て、そこから濃厚接触者の定義に該当した親父さんがPCR検査を受けたところ、親父さんも陽性反応が出た。検査の結果が出たのがきょう――というか日付が変わったのでもう昨日だが――昨日、十二日の夜だ。

実家暮らしの浜田は親父さんの濃厚接触者に当てはまるので浜田もきょうＰＣＲ検査を受ける予定だ」

浜ちゃんは検査の結果が出るまでは、陰性とはっきりするまでは、劇団メンバーとしての一切の活動が許されない。

「浜田の検査結果が出るのは、早くても明日、十四日の夜になる。だからまず自動的に、きょう十三日の初日と、明日十四日の二日目の公演は中止となる」

花輪が告げる決定事項に、重い沈黙がおりる。

「浜田が陽性だった場合は、俺達も全員検査を受けねばならない可能性があるので当然最終日、三日目の公演も中止になる」

「陰性だったら三日目、楽日《らくび》だけはできるかもしんねえのか？」

藤の質問に、花輪が答える。

「一応可能ではあるが、浜田の件をさっき劇場側の担当者に連絡して報告したら、三日目の公演も——つまり三日間全日程の中止を勧告された。コロナが原因で一日目と二日目を中止した劇団の公演を、陽性疑いのあった出演者がぎりぎりのタイミングで陰性だとわかったからといって、せめて三日目だけはどうにか幕を開けるというのを向こうは好ましく思っていない様子だ」

今回の会場は区営の演劇ホールなので、民間よりもお堅い。たとえほんの少しでも周囲から批判を受ける可能性がある運用は避けたいというのがおそらく本音なのだろう。

「それに浜田の検査結果が出るのは早くても明日の夜というだけで、明日の夜に結果が出るとは限らない。きょうから盆休みに入るしな」

結果が出るのが明後日十五日以降になれば自動的に十五日の、最終日の公演も中止にせざるを得ない。

「十四日の夜までに陰性の結果が出たら、劇場側の勧告は押し切って三日目だけでもできねえのか？」

食い下がるというよりはすべてのルートの答えを知っておきたいという顔で藤がたずねる。

「できなくはないが、俺はそれをするつもりはまったくない。小劇場界隈《かいわい》なんて狭い世界だからな。劇場側の勧告に耳を貸さずに公演を打ったとなればすぐにあちこちに知れ渡るし、それをしたことでもし万が一にも何かあれば即座にこの劇団が再起不能に追いやられる」

たとえ何もなく無事終わったとしても劇団の評判を下げたりそれに傷をつける可能性はあるわけで、つまりどちらにせよ、そんな危ない橋は渡れないし渡るべきではないと花輪は俺達全員にはっきりと告げる。

百合が口を開く。

「いまさら言ってもしょうがないけど、浜ちゃんのお父さん、ＰＣＲ検査受けたのは十日とか十一日でしょ？　――十一日？　ああ、そう。じゃ、お父さんの同僚のひとの陽性がわかったのはさらにその前日の十日とかだよね。お父さんは、自分もコロナの疑いがあるから検査受けるっていうのをいつ浜ちゃんに言ったんだろ？」

「浜田にそのことを伝えたのは自分の検査結果が出てから、陽性とわかってかららしい。同僚が陽性で自分も検査を受ける必要があるとわかった十日の時点で浜田に伝えるべきだとはわかっていたが、体調は悪くなかったし、息子が久しぶりの公演で毎日遅くまで頑張っている姿を見ていたので言えなかったらしい」

その場の全員に、ため息に似た表情がわずかに洩《も》れる。

親父さんの気持はわかる。公演直前に出演者の同居している家族が陽性疑いで検査を受けたとなれば、検査を受けたというその事実だけでも大事になるのは決まっている。だがもし結果が陰性であれば、息子が舞台に出ることはひとまず問題ない。陰性でさえあれば――、その思いに賭《か》けて、結果が出るまでは検査のことを浜ちゃんに言い出せなかったのに違いなかった。

浜ちゃんの親父さんは、俺達の公演を毎回見に来てくれている。息子がやりたいことをやっているのを、役者をやっているのを応援してくれている。それを知っているだけに、全員何も言えなかった。

「せめて、その十日の時点で浜ちゃんに言ってくれてたら、浜ちゃん含めてわたしたちも全員、十一日に自費でPCR検査受けられてたかもしれないのにね……」

いまさら詮無《せんな》い話だがという無念の思いを滲《にじ》ませて百合が言う。

保健所でのPCR検査は規定の症状に該当するか陽性判定が出た人間の濃厚接触者でないと受け付けてもらえないだろうが、最近は自費で検査を受け付けている病院もある。予約した当日に全員が検査を受けられるかどうかはわからないし、もし予約できたとしても、出演者がわずかでも陽性疑いのある状態で劇場に小屋入りして仕込みなどの作業を劇場スタッフに混じって行うことは当然できない。だがそれでもまだ十一日に全員が検査を受けてその結果が十二日の夜に出ていた可能性は残されていたのだ。全員が陰性である結果が十二日の夜に出ていれば、十三日と十四日に小屋入りして十五日に一日だけ公演を行うことも不可能ではなかった。

同じ一日かぎりの公演であっても、その段取りであれば劇場側もおそらく反対はしなかったのではないか。公演初日当日に一日目と二日目の中止を発表するのと、十日の夜の時点で一日目・二日目の中止そして検査結果が全員陰性であれば三日目を開催する旨《むね》を発表するのでは印象が違う。

だがそういった仮定の話もいまとなってはすべて意味がない。もう遅い。

「じゃあ、今回の舞台は全公演中止にするしかないってことか」

そう結論せざるを得ないと、誰に言うでもなく俺が声に出して言うと、花輪がそれにうなずいて見せる。

「そういうことだ。きょうからの舞台は全公演中止だ」

このあとすぐ劇団の公式サイトとＳＮＳの公式アカウントで中止の発表をする、と花輪が告げる。

花輪がそう口にしたのなら、それは劇団としての正式な決定事項であり、議論の余地はない。これは話し合いの場ではないのだ。そもそも俺達がいまこの場に集まっているのは、メンバー間で話し合いや相談をするためではなく、主宰の花輪が決断した事柄、それを花輪自身の口から全員に周知するためだ。

本来ならリモートでも事足りるところわざわざこうやって夜中に集まったのは、オンラインで画面越しに説明されただけでは納得できないとサリエロが抵抗したのと、他のメンバーも大なり小なり似たような感情を抱えているのを花輪もわかっていて、それを斟酌《しんしゃく》したにすぎない。

公式サイトの更新作業を担当しているのは、浜ちゃんだった。他のメンバーは皆そういうことには疎《うと》くてわからないので浜ちゃんがいつもひとりでしている。小洒落《こじゃれ》ていてサブカル感あふれるサイト自体を作ったのも浜ちゃんだ。いまこの場に来ることすらできない、このあと公演の中止を発表する作業を自らしなければならない浜ちゃんの気持を考えると、気分が重くなった。

全ステージ中止を告げられ、全員重々しく黙り込む、そんななか、サリエロが口を開く。

「浜ちゃんが陰性だったら、三日目の公演だけオンラインで有料生配信とかできないの？　無観客で」

人けのない、声のよく通る夜の公園で、ひとりベンチにかけたままのサリエロが花輪にたずねる。

食ってかかるという感じはない。単に確認でたずねているだけなのだろう。芝居と真正面から向き合うときのいつものサリエロと違い、声や姿にどこか力がない。

「できなくはないだろうな」

サリエロの質問に花輪が答える。

無観客であれば受付や客席係のスタッフも必要がないし、出演者やスタッフから観客に感染する可能性がないのであれば劇場側も話に乗ってくれる可能性はあるだろう。単純に中止にするだけであればチケット収入はゼロになるが、有料配信するのであればいくらかはチケット代を回収できる。

と、そういった利点はないでもない。が——。

「おまえはそれをやりたいのか、サリエロ。——無観客で、オンライン配信公演を」

花輪がサリエロに問う。

全員の視線を浴びたサリエロが花輪を見返す。それから、答える。

「――わかんない」

それだけ口にして、視線をうつむかせる。十九歳の演劇馬鹿は押し黙り、ひざの上に置いたスマホの画面、一時停止されたゲネプロの動画を見つめ下ろす。

物語も大詰め、終盤に差しかかった一場面が、李美芳として立つサリエロ自身がそこには映されている――。

第二幕・第四場

試合会場のアイスリンク。舞台奥に観覧席を模した雛壇《ひなだん》。

メイファンとコーチ、上手から小走りに観覧席に登場。雛壇の中央まで来ると足をゆるめ、一旦《いったん》立ち止まる。

コーチ　（焦燥の表情）駄目だ。この会場中がもう精神錯乱、暴徒化したトロロゾンビであふれている！　出入口も奴等《やつら》に抑えられていて、とてもじゃない

メイファン　が突っ切って外へ出られる状態じゃない。（軽く肩で息をしながら）このままだと、会場から出られないアル。あいつらに襲われてわたしたちも感染してしまうアル。

コーチ　代表選手団から中国大使館を通して日本政府に救助要請が出されるとは思うが、その救助が来るまで逃げ切れるかどうか——。

二人が話し合っているところに、上手から一般客の恰好をしたゾンビA（配役・浜田秀彦）とゾンビB（配役・紺野幸太）が登場。焦点の定まっていない目つきでふらふらと歩く。ゾンビは両の目元から頬にかけて白く太い涙の筋がペイントされている。

コーチ　（ゾンビに気づく）——まずい！　隠れろ！

メイファンとコーチ、雛壇の下手側の陰にしゃがみ込んで隠れる。ゾンビたちは二人に気づかず観覧席を徘徊《はいかい》する。

コーチ　（ゾンビの頬の白い涙の筋を見ながら）トロロ重症患者の最も顕著な症状、

「トロロの涙」――。

メイファン　何度見ても気持悪いアル。最悪アル。絶対感染したくないアル。
コーチ　（決心した表情）ここに隠れていても奴等に見つかるのは時間の問題だ。
――メイファン、スケート靴を履け。リンクに下りるんだ。
メイファン　（わずかに眉《まゆ》を寄せて見返す）
コーチ　リンクの上では君は誰よりも強い。君はリンクの上が一番安全なんだ。
――さあ、早く！

コーチ、背中のリュックからスケート靴を取り出し、履き替え始める。メイファンも手に持った自分のスケート靴に履き替える。履き替え終わると直ちに二人で同時に雛壇の陰から出て、リンクに下りる。ゾンビたち、二人の存在に気づき、二人を追ってリンクに下りてくる。

ゾンビA　（妙に間延びした声）おりんぴっく選手がいたぞう。
ゾンビB　おりんぴっく選手は全員感染させて根絶やしにしてやるぞう。
メイファン　（リンクに下りてきたゾンビたちとは一定の距離を取りながら）何アルか、こいつら。不愉快アル。

ゾンビA　（急に口調と表情を激烈なものに変え、メイファンたちを睨みつけ、拳《こぶし》を振り上げ）──オリンピック反対！
ゾンビB　──オリンピック反対！
ゾンビA　──サイタマ五輪反対！
ゾンビB　──サイタマ五輪反対！
ゾンビA　──税金の無駄遣い！
ゾンビB　──利権まみれの大運動会！
ゾンビA　──真夏にサイタマで五輪なんて熱中症で死人が出る！
ゾンビB　──期間中に大型台風が直撃したらどうする！
ゾンビA　──オリンピックを直ちに中止しろ！
ゾンビB　──オリンピックを直ちに中止しろ！
メイファン　いきなり抗議デモを始めたアル！
コーチ　反対派の思惑通り、もう五輪はすべて中止になったのに……やはり精神が錯乱していて彼等はもう普通の状態じゃない。
メイファン　（鼻で笑う）普通じゃないというより、普段は名前や顔を出して言えないことを、本性を曝《さら》け出しているだけアル。
コーチ　（考え深げに）ああ、そうかもしれ──メイファン、来るぞ！

ゾンビたち、緩慢な動作で二人に向かってくる。

メイファン　（一歩前に出て）コーチは下がっているアル。わたしが片付けるアル。
コーチ　（躊躇《ためら》いつつも後ろに下がり）接近しすぎるな。近づきすぎると感染する。
メイファン　（戦闘態勢に入った集中した表情）わかっているアル。

メイファン、リンクをすべり始める。ゾンビたちの周囲を円を描くようになめらかにすべる。ゾンビたちはそれをまともに追いきれずうろうろとリンク中央で足踏みするようにただ翻弄《ほんろう》される。だがゾンビたちもメイファンの周回の軌道にやがて慣れてくると、メイファンを視界に捉《とら》え、そこから襲いかかる。

メイファン　（余裕の表情）遅いアル。わたしはもうスピードにのっているアル。

メイファン、ゾンビ二人の間にすっとすべりこむと勢いを落とし、高らかにジャンプするポーズをとり、身体《からだ》を回転させる。

メイファン　くるっ・くるるっ。（自分で言いながら二回半まわる）

コーチ　2A《ダブルアクセル》からの――？

メイファン、二回半まわった流れのまま勢いよく開脚倒立。開いた両脚がちょうどそれぞれゾンビAとBの鼻先に来て、ゾンビ二人は蹴《け》りを食らったかのように派手に後ろに吹っ飛んで倒れる。

メイファン　（倒立の姿勢からゆっくり足を下ろして立つ。それから、もう気絶したように起き上がらないゾンビたちに視線を投げて平然と）手加減したつもりアルが。素人《しろうと》相手にちょっとやりすぎてしまったアル。

コーチ　（メイファンのそばへ行きながら）足は大丈夫か。

メイファン　思ったより大丈夫アル。まあ、ただのダブルアクセルアルからな。

コーチ　（ほっとした顔）そうか――。

メイファン　この程度の雑魚《ザコ》なら何十人来ても片付けられるアル。救助が来るまでここで待つしかないアルな。

コーチ　すまない――君ひとりに戦わせるばかりで。

メイファン　謝る必要ないアル。コーチはスケートしかできないアル。格闘や武術につ

コーチ　いては素人アル。無理に戦っても怪我《けが》するだけアル。
メイファン　それはそうだが——。
バトルに全振りでスケーティングは二流だったわたしをここまですべれるように教えてくれたのはコーチアル。コーチはこれからもスケートだけわたしに教えてくれればいいアル。
コーチ　メイファン——。
メイファン　（素直な表情と声で）わたしはコーチがいいアル。コーチ以外のコーチは嫌アル。
コーチ　……ああ。（二人、見つめ合う）

二人が見つめ合っている、そこに上手から中年男が観覧席に登場。中年男、「トロロの涙」を両目から流し、手にはでかいボウガンを携えている。

中年男　おうおう、麗《うるわ》しい師弟愛だねえ。（メイファンとコーチ、ハッと振り向いて見上げる）おまえら、もしかしてデキてんじゃねえか？
メイファン　——朝の不愉快なおっさんアル！　こいつも感染者アル！
中年男　よく聞くじゃねえか、男のコーチとうら若き女子選手のそういう話やら噂《うわさ》

コーチ　を週刊誌やなんかでよお。（ゲスい笑み）いったい毎晩、ふたりきりで何の個人レッスンをしてさしあげてるんだろうなあ、コーチさんよお？

メイファン　（憤《いきどお》り）下衆《げす》の勘繰りはやめてもらいたい。俺とメイファンはコーチと選手、それ以外の関係ではない。

中年男　（不愉快そうに）ゲスいおっさんアルが、「トロロの涙」を流してもう重症化してるのに朝とくらべて精神が錯乱している感じがあまりないアル。たぶんもともとアタマがおかしいからアル。

メイファン　おうおう、言いたい放題言ってくれるじゃねえか、運動バカの分際で。アマチュアのオリンピック選手はいったい誰のおかげで、誰のカネで、何一つ不自由ない、練習にだけ集中できる環境を整えてもらってると思ってやがるんだ、この野郎。オレたちが汗水たらして働いて納めてる税金だろ、クソが！　テメエらがキラキラ頑張るためにこっちは毎日お賃金稼いでんじゃねえぞ、この脳筋《のうきん》野郎！

中年男　（冷ややかに）わたしは中国に住んでる中国人アル。日本人のおまえの税金は一ミリも関係ないアル。

そういう話じゃねえ、ばーか！　テメエみたいな運動バカが世界中にいるから税金垂れ流しの汚《オ》リンピックなんて国際大会が開かれるんだってこと

メイファン　だろうが、クソが！　オリンピックをサイタマに招致したのはおまえらが選挙で選んだ政治家たちアル。おまえらの責任アル。

中年男　（表情を黒く染める）

中年男、観覧席からリンクにゆっくり、不気味な足取りで下りてくる。

中年男　周囲や世間が能天気に無責任に「この子は才能がある」「天才少女」「末はメダリスト」だなんてはしゃいで騒ぎ立てるもんだから本人や親もすっかりその気になっちまって、大会記録や将来のメダルのことしかもう目に入らなくなり、生活のすべてを犠牲に捧《ささ》げることも厭《いと》わなくなっちまう――。頑張る娘のため、娘がオリンピックでメダルを目指すため――ただそれだけのために生きて、働いて、自身の健康も省みず――。あの日、あいつがスケートに出会ってなけりゃ、それを始めるきっかけをオレが与えてさえいなけりゃ、浩二の野郎があんなに早くおっ死《ち》んじまうことも――。

メイファン　（眉をひそめて）なにを言っているアルか、このおっさん？

中年男　（薄笑い）オレの気に食わねえもんは、オリンピックなんてこの馬鹿《ばか》げた

メイファン　夢みたいな舞台はオレがぶっ壊してやるって——そういうことだよ。（リンクに入り、メイファンたちの前に立つと、ボウガンをゆっくりと持ち上げてメイファンに狙《ねら》いをつけて構える）

コーチ　飛び道具アル……！

中年男　危ない、下がれメイファン！（前に出て、メイファンを背中に庇《かば》って立つ）

コーチ　（愉快げに）——お、盾になるつもりか？　無理はやめときな、色男。オレがぶっ壊してえのはそのクソ生意気な五輪選手様だけだ。矢ガモになりたくなかったら、とっとと下がりな。

中年男　（一歩も退《ひ》く姿勢を見せず）おまえみたいな男にはメイファンは絶対に傷つけさせない。選手を守るのがコーチとしての俺の役——（突然、発作に襲われたように激しく咳《せ》き込む。激しく咳き込み、思わず片膝《かたひざ》をつく）

メイファン　（驚き）——コーチ！　大丈夫アルか！

中年男　（薄笑い）おおっと、こりゃあ嫌な咳《せき》だ。危険信号だねえ、コーチさん。もしかして今朝、ホテルのロビーで会ったときにオレから伝染《うつ》っちまったかな？　へへっ。ソーリー、ソーリー、素直にアイム・ソーリー。なんつって。

メイファン　（怒りに燃える眼）おまえ、本当のクズアルな。許さないアル。

コーチ　（前に出ようとするメイファンを制しながら）やめろ、メイファン。近づきすぎると君もトロロに——（激しく咳き込む）

メイファン　（一旦とどまりながら）でもこいつをどうにかしないと——。

コーチ　この男はなんとしてでも俺が食い止める。だからそのあいだに、君は早く逃げ——（胸を手で押えながら激しく咳き込み、両膝をつく）

メイファン　——コーチ！

中年男　（愉快げに）トロロは若いほど重症化が進むのも早えからな。この調子じゃ、おまえもあっという間にゾンビの仲間入りだな。——さあて、もうまともに立ってもいられない状態でどうやってお姫様を精神錯乱者から守るおつもりなのかな、騎士様《ナイト》？

メイファン　（動くに動けず、中年男をただ睨《にら》みつけながら本気の顔で）おまえ、絶対許さないアル。もしコーチに何かあったら、わたし、おまえを殺すアル。

中年男　（哄笑《こうしょう》。そのあと薄笑いに変え）やれるもんならやってみな。ただし、こいつがゾンビになる前に、おまえはいまからオレに矢ガモにされる運命だがな。（メイファンに焦点を合わせてボウガンを構える）

コーチ　メイファン、早く逃げ、ろ——（激しく咳き込み、その場にうずくまる）

中年男　(挑発の笑み) さあ来いよ、チャイナ娘。スケート靴を履いたおまえが助走もなしにオレが撃つボウガンの矢より早く動けるんなら、オレを殺しに早く向かって来い。

メイファン　(迂闊《うかつ》に動けず、中年男を見つめる)

中年男　(愉快げに) では、只今《ただいま》より「無敗のプリンセス」中国の李美芳選手対日本の何の取柄もない頭のおかしいただのオッサンの決勝戦を始めます! ぱちぱちぱちぱちぱち。——ありがとう、日本のみんな! 応援ありがとう! いまからわたくしはスポーツマンシップに則《のっと》らず、がんばらず、卑怯《ひきょう》に、薄汚く手を抜いてこのクソ生意気な小娘を殺すことをここに誓います!

メイファン　……狂っているアル。

中年男　試合開始まで、十! 九! 八!

メイファン　(緊張の表情)

中年男　七! 六! 五! 四!

メイファン　(緊張の表情)

中年男　三! 二! 一! ぜ——

中年男がボウガンの引き金に指をかけた瞬間、上手から試合用コスチューム姿のオリエがリンクに登場。メイファン、驚きの表情。すべりながら登場したオリエの気配に気づき、中年男が肩越しに振り返る。

中年男　（驚きの顔）オリエ……！

オリエ、中年男の背後に速やかに迫ると勢いを殺し、高らかにジャンプするポーズをとり、身体を回転させる。

オリエ　くるっ・くるっ・くるっ。（自分で言いながら三回まわる）
コーチ　（苦しそうにしながら）3F《トリプルフリップ》。
オリエ　（一旦、着氷したポーズのあとまたすぐ）くるっ。（一回まわる）
コーチ　1Eu《シングルオイラー》。
オリエ　くるっ・くるっ・くるっ。（三回まわる）
コーチ　3S《トリプルサルコウ》。
メイファン　からの――？

オリエ、三回まわった流れのまま左脚を高く振り上げ、後ろ回し蹴り。回し蹴りをもろに食らった中年男、ボウガンを投げ出し、吹っ飛んで倒れる。

中年男　(仰向けに倒れた姿勢から起き上がれず、頭だけかろうじて起こし、自分のそばに立つオリエを見上げ)オリエ……おまえ、よくもオレにこんな真似《まね》を……いったい誰のおかげでスケートを、金メダリストになれたと……この恩知らずが——。

オリエ　(静かに中年男を見下ろし)ええ、わたしがスケートに出会えたのは伯父さんのおかげ。そのことは今でも本当に感謝しています。本当に、心から。——でもだからこそ、ひとりのバトルフィギュアスケート選手として、わたしたちのリンクへのこんな形での乱入や理不尽な暴力行為を、わたしは許すことはできません。

中年男　(しばらく視線を外して無言。そのあと、再びオリエの顔、その両頬にペイントされた白い涙の筋を見上げて)「トロロの涙」……オリエ、おまえもトロロに——もしかして今朝、オレから……。

オリエ　ええ、あのときかもしれないし、そうでないかもしれない。誰から感染したのかなんて、そんなのわからないことだから——。なので、わたしが感染したことについては伯父さんを恨む気持はありません。

中年男　（頭を落とし、深く目を閉じる。己を恥じるように）……すまねえ、オリエ。
オリエ　（静かに首を振り）もういいんです、伯父さん。（すべてを許す優しい声で）もういいの。本当に。
中年男　（少し気持が楽になったというように）そうか──。
オリエ　でもこんな寛大な気持で伯父さんを許せるのも、わたしもトロロで精神が錯乱しているからなのかも。（微笑）
中年男　へっ。言いやがる。
オリエ　いまはもうゆっくり眠ってください、伯父さん。あとでわたしが病院へ連れて行ってあげますから。あの日、伯父さんがわたしをスケート場に連れて行ってくれたように──。
中年男　ああ、頼む──。（表情をやわらげ）オリエ……今度この悪夢が醒《さ》めたら、ふたりで浩二の墓にでも──。
オリエ　ええ、父さんのお墓参りに行きましょう。勇一伯父さん。
オリエ、眠りに落ちた中年男をしばらく静かに見つめ下ろし、それから中年男の身体を引きずってリンクの端のほうへ寄せる。そのあと、メイファンとコーチの前に戻ってくる。

メイファン　（安堵《あんど》の表情でオリエと向き合い）助かったアル、オリエ。わたしたち、危ないところだったアル。ありがとうアル。

オリエ　あなたのことを助けたんじゃないわ、李美芳。

メイファン　――？

オリエ　わたしはあなたとの決着をつけるために、サイタマ五輪・女子バトルフィギュアスケート最終滑走闘者《ファイナリスト》の李美芳とこのアイスリンクで最後の勝負を果たすために、ここに来た――。（闘志を漲《みなぎ》らせて立つオリエを、メイファン、ハッと見返す。そして両者、見つめ合う）

「もう一度訊《き》く、サリエロ。おまえは今回の俺達の舞台を無観客のオンライン配信でやりたいか？」

深夜の公園で、花輪がサリエロに問い直す。

客を入れて芝居をするのは無理だと決まった、本当はきょうの昼から初日の幕を開けるはずだった三日間の公演。

客を入れる通常の公演が無理だというのは、もう全員理解した。納得するしないにかかわらず、メンバー全員が理解し、やむを得ないという共通の認識に達した。

ただ、本当にこのまま公演をすべて完全に中止してしまうのか。

もし明日の夜に浜ちゃんのＰＣＲ検査の結果が出て、尚且《なおか》つそれが陰性だったら、三日目の最終日に無観客のオンライン配信公演であれば実施できるかもしれない。

その点をまずサリエロが花輪にたずねた。花輪はそれが実施できる可能性を認めた。その上で、花輪はいまサリエロに再度確認している。本当に無観客、オンラインでやりたいのか、と。

ベンチにひとりだけ腰を下ろした恰好《かっこう》で、全員の視線を受けながら、サリエロが押し黙る。それから、ようやく口を開く。

「やりたくは、ない」

苦いものを舌にのせているようにサリエロは答えて、

「でも、やらないよりはマシかもしれない」

と、視線を揺らし、自信なさげに付け加えて言う。

花輪は感情を表に出さない顔つきで、サリエロのその姿を冷静に眺めやる。

八月の熱帯夜、水銀灯の灯りしかない夜の公園に、しばし沈黙がおりかけたとき、

「日にちをずらすって、できねえの？」

コンタがそう質問する。

「どこか近い日で、劇場に空きがある日にあらためて一日だけでもお客入れてさ。もし浜ちゃんが陰性だったらの話だけど……」

サリエロと同じく積極的にオンライン配信のみでやりたいわけではないのだろうコンタの質問に、花輪が答える。

「無理だな。十六と十八、十九日は劇場は空いているがスタッフの予定がつかない。十七日は演劇のワークショップがあるからホールが使えないし、二十日以降は別の劇団が小屋入りする。その劇団の公演が終わったあとも今月中はもうスタッフの予定が取れず揃《そろ》わない」

コンタの脳みそで考えつくような可能性など、とっくに調べてあるというように花輪が説明する。

あーダメか……、と軽く天を仰いだあと、あっさりうなだれるコンタに、

「ふっ」

いやおまえ素人じゃないんだしそれくらいはわかれよ、というようにうちわで自分を扇《あお》ぐヒロさんが年長者の笑みを浮かべながらコンタに小指の爪《つめ》よりも小さい石を投げる。

十六日にスタッフを揃えられない時点で、日にちをずらすのは無理なのだ。十七日にワークショップが入っている以上、十六日までに俺達が組み上げた舞台セットや照明等

の装置は全部バラさなければならない。そして一旦バラしてしまえば、今度またそれを組み上げるには小屋入りするための日数が必要になる。できれば二日、最低でも一日。公演本番も小屋入りの仕込みやリハーサルもそれらすべて、俺達劇団メンバーだけでは行うことができない。劇場スタッフと、音響や照明等外部スタッフの予定を調整する必要がある。俺と百合以外は皆、社会人だ。皆それぞれ仕事があり、予定がある。時期的に休暇の予定を入れている者もいるだろう。俺達メンバーは無理をすれば仕事やバイトを休んで都合をつけることもできなくはないだろうが、外部のひとに同じ無理を言うわけにはいかない。俺達は公演を打つために何ヵ月も前からあらかじめ日取りを決めて、その上で各所に依頼し、予定を合わせて、そうやって俺達もスタッフの人達も劇場に集まっている。現実的に考えて、たとえ最低限必要な人数に絞ったとしてもその予定を調整して近々のうちに来てもらうことなど不可能に近い。

「都合のつかないスタッフを急場凌《しの》ぎでどこかから別に調達して無理やりやったところでな。チケットを買ったり予約してくれたお客さんだって、別日になれば来られないってひとがそれなりに出てくるだろう」

別日開催にそこまでこだわる意味がないし検討する価値もない、と発言する俺につづいて、

「日にちずらすとかじゃなく正式に延期するにしたって、一ヵ月や二ヵ月先くらいじゃ

無理だもんな」

と、熱血タイプに見えて意外と現実的な藤が軽く嘆息するように言う。

「今回のレベルで、本公演としてちゃんとやるんなら半年後とかだろな」

藤がそう言うのには理由がある。カネだ。

区営のホールでも劇場使用料はかかるし、そしてもちろん外部スタッフも無報酬《タダ》ではない。劇場への搬入搬出、二ヵ月間の稽古《けいこ》期間中の稽古場の使用料、舞台セットの材料調達、衣裳《いしょう》の発注、ＤＭやチラシ・パンフの準備、それらすべてに費用が発生している。そうしてそれらにかかったカネというのは、全員が十代と二十代の俺達若手小劇団の劇団員にとっては決して安くない金額なのだ。全員がバイトして、働いて、集めたカネだ。

普段であれば、しかしその諸経費をチケットの売り上げで埋め合わせることができる。今回はコロナ対策で大幅に座席数を減らしていることもあって、完売したところで赤字は免れないが、それでもまあそこまで痛手ではないし、最初から芝居で儲《もう》けよう、儲かるなどとは俺達も考えていない。稼げなくとも、それでも芝居をやりたいからやっている。その覚悟があるから別段辛《つら》くはない。

だがもし今回、公演を完全に中止するとなれば、チケット収入がゼロになるので、諸経費が全額赤字になる。さすがにダメージがでかい。そうなった場合、俺達にまたすぐに次の公演を打ったり、延期してやり直す体力、経済的余裕はとてもじゃないがない。

サリエロが先ほどオンライン配信のことを口にしたのは、おそらくそのあたりも考えてのことなのだろう。有料配信すれば、たとえわずかでもチケット収入が見込め、赤字が減らせる。完全中止にしたところで、浜ちゃんの検査結果が出るまでは俺達が劇場に入ってバラシや撤収作業を行うことも許されないのでどのみちきょうの初日と明日の二日目の撤収はできず、劇場側に非がない中止なので劇場使用料が発生する。三日目に、撤収だけするのも、オンライン公演後に撤収するのも、使用料に違いはない。であれば、オンライン配信で多少でもチケット代を回収する選択肢は確かにある。

だが果たして、オンライン配信で、いったいどれだけのひとが予約キャンセルをせず、あるいは配信チケットを購入してくれるのかという疑問がある。プロの俳優や声優が出演する舞台と違って、俺達の舞台というのは出演する役者に純粋な固定ファンがついて見に来てくれている感じではない。面白いナマの舞台、芝居が見たくて劇場に足を運んでくれる演劇ファン・演劇好きだったり、あとは舞台上で実際に演技する姿を直接見届け応援する気持で俺達の知人友人が見に来てくれていることが多い。どこでも簡単に見られるオンライン配信より遥《はる》かに手間と時間がかかるのに、でもだからこそ、劇場内の舞台と客席という同じ空間を共有するために来てくれる。その関係性がどうしても薄れてしまうオンライン配信のチケットを、果たしてどれだけのひとが買ってくれるのか。オンラインでやる場合は、受付や客席係のスタッフは必要ないものの、音響さんや照明さんへの当日分の報酬の支払が発生する。

　つまり、オンライン公演もそれほど簡単ではないということだ。

「まあ現実的に考えて、年明け以降、来年の春とかか」

　公演を延期するならそれくらいになるだろうなという藤の意見に、

「来年の春じゃ、百合が卒業しちゃうじゃん！」

　コンタが声をあげて、藤が「あ、そうか」という顔をする。

　大学四年、学生生活は今年が最後となる百合は、地元で就職が決まっていて卒業後は福井に帰ってしまう。

「百合が内定した会社、入社前研修があるんだよな」

「うん、二月ごろかな……」

　以前軽く聞いた話を確認する俺に、百合がうなずき返す。

　内定者研修が二月にあるので、それまでに今住んでいる部屋はもう引き払って実家に帰り、卒業式のときだけまたこちらに戻ってくる予定なのだということだった。

「じゃあ、やるとしたら年明けすぐくらいがギリギリのラインか。引越し前はバタバタして忙しいだろうし」

　藤の言葉に、そのあたりが妥当なところだろうと他の面々もそれなりの思案顔でうなずく。

百合抜きで再公演を行うことは誰も考えていない。百合の代わりをどこか他の劇団から客演で呼んでくればいいとか、そんなことは誰も考えない。

実際問題、百合よりも上手《うま》い役者は、百合よりも上手くオリエを演じられる役者はいくらでもいる。百合の代役を、それを見つけて近場の劇団から呼んでくるのは決して難しくない。だが俺達はオリエを百合以外の役者が演じることはかけらも念頭に置いていない。俺達が作り上げた『4回転サイタマ』の立花オリエ役は不死隊メンバーの中崎百合が演じるべきなのだ。この何年か活動を共にしてきた仲間として、俺達は全員そう考えている。みんなの表情がそう語っている。

「百合はどうなんだ。十五日に無観客でオンライン配信やる方法もなくもない件については」

活動できる期間が残り少ないことを考慮すると、公演を延期した場合の影響が一番大きいだろう百合に、花輪がたずねる。

少し考える表情をしてから、百合がそれに答える。

「わたしも、積極的にやりたい感じではないかな。でもサリエロが言う通り、やらないよりはマシなのかも――。いまできるんだったらやっておいたほうがいいかもしれないよね、年明けにこの状況や世間の情勢がどうなってるかわからないし……」

公演を延期したとして、それを本当に年明けに無事行える保証はない。あと五ヵ月やそこでこのコロナ禍が完全に終息するとはとても思えない。この暑い盛りの八月、夏場でも毎日国内で数百人単位の感染者が確認されている。空気が乾燥する冬になればまた流行が拡大しないとも限らない。しかし反対に、いまよりも落ち着いている可能性もある。

春先から公演が軒並み中止になった演劇界だが、都内のメジャーな劇場では渋谷のパルコ劇場が先頭を切り、先月、七月一日から三谷幸喜《みたにこうき》が作・演出する『大地』の上演を始めた。そうやって色々な劇団や劇場が徐々に活動を再開させ、公演も始まりだし、コロナ時代への適応方法を模索してはいるが、演劇界にとってはどこか息苦しい、足元が不安定なこの状況がこれからもまだ続くだろう。疫病《えきびょう》の目に見えない薄い雲は、世界を捉えて離さない。

この二〇二〇年が終わり、新しい年が訪れた段階で、状況が改善、緩和されているのか、逆にまた何か予想もつかない事態が起きているのか。それは今の時点の俺達には誰もわからない。

「でもわたしの卒業の事情のために、オンライン公演をやって、っていうのは違うと思うから。わたしの卒業や引越しは要素の一つに過ぎない。みんなで納得できる答えを出したい」

はっきりと自分の意見を百合が述べる。俺達は全員それを聞く。

百合のその言葉にうなずき、花輪が言う。

「じゃあ、決を採るか」

こんな夜中にこれ以上長々と話し合っても仕方ないし、代表者である自分が独断で決めても構わないがこの件に関しては多数決で決めるという顔つきで花輪が言う。

「やりたい、やってもいい、やりたくない——どれかに一回だけ手を挙げろ」

三つの選択肢を示して話を進める花輪に、全員特に異論なし、多数決で決まった意見に従うというようにうなずく。花輪が二択ではなく敢《あ》えて三択にした意味を考えながら。

決が採られる。

まずは一つ目の選択肢を花輪が声に出して問いかける。

「やりたい」

誰も手を挙げない。

お互いを軽く見回すようにしながら、だが誰も手を挙げる者はない。

それを確認してから、花輪が次の選択肢をたずねる。

「やってもいい」

俺を含め、サリエロ以外の全員が手を挙げる。俺、コンタ、百合、藤、ヒロさん。花輪も挙げた。

自分以外の全員の手が挙がったのを、サリエロが無言で見る。この夜の公園に来た、その当初から機嫌の良い顔つきではないが、表情に特別変化はない。

花輪が最後の選択肢を訊く。

「やりたくない」

ここまでただひとり手を挙げていないサリエロに自然、視線が集中する。

だがサリエロはここでも手を挙げない。押し黙ったまま、ベンチにひとり腰掛けている。

花輪がサリエロに視線を当てて言う。

「サリエロ。どれかに手を挙げろ。棄権と見做《みな》すぞ」

注意を与える花輪を、サリエロが見返す。迷って手を挙げられないというよりは、俺達が陥っている今のこの状況すべてに苛立《いらだ》っているのだろう目つきだった。

サリエロがたずねる。

「浜ちゃんの意見は？」

ここに来ていない、来られない浜ちゃんの希望や意見はどうなるのかとサリエロはたずねる。

すると、花輪がそれに答える。

「浜田にはあらかじめ訊いてある。やってもいい、だ」

検査結果が陰性だった場合は最終日にオンライン配信のみであれば可能かもしれない、

それが話題に上るだろうこともここに来るまでにとっくに予想がついていたというように花輪が浜ちゃんの意見を伝える。ここでもサリエロの表情に特別変化はない。浜ちゃんがそう答えるだろうことはまあ大体わかっていたとでもいうかのようだった。

家にいるのだろう浜ちゃんにそれこそビデオ通話や何やで今この場の話し合いに参加してもらうのは簡単だったが、それをしないのはもっぱら、浜ちゃん自身の意志だった。人一倍真面目《まじめ》な性格なので、浜ちゃんが今回の件に責任を感じ、見ているこちらが辛くなるほど申し訳なく思っているのだろうことはメンバーなら誰にでも簡単に想像がついた。同居している家族が感染したなどというのは、浜ちゃん本人に非がある問題ではないので、誰も責めるつもりなんて最初から毛頭ないのだが、それでもやはり浜ちゃん自身はかなり気に病んでいるらしい。このアクシデントが起きてから直接浜ちゃんとはまだ話していないが、さっき花輪から連絡が来た少しあとに浜ちゃんからスマホにメッセージが届いた。すまない、という本当にそれだけの短いメッセージだった。その気持を考えるとこの場に無理にリモートで参加してくれとも言えなかった。

しかしとにかく、これでサリエロ以外の全員の意見が揃った。

サリエロ以外のメンバーは全員、十五日の無観客でのオンライン配信公演をやってもいい、と考えている。

単純な多数決であればもうこれで結果が出ているのだが。

花輪が再度サリエロに問いかける。

「棄権したくないなら答えろ、サリエロ。やりたい、やってもいい、やりたくない。おまえの意見はどれだ」

メンバーのひとりとしての回答を迫る花輪を、社会的距離を挟んでサリエロが見返す。そして答える。

「やりたくない」

フラットに、だがはっきりと、サリエロが答える。

メンバー最年少、ただひとりの十代であるサリエロを花輪が見る。それから言う。

「理由は」

やりたくない理由をサリエロにたずねる。

サリエロは一瞬、いまから口に出す言葉を頭のなかで整理する表情をしたあと、それに答える。

「オンライン配信っていったって、ただ舞台を固定カメラ一台で撮ればいいってもんじゃないでしょ。無料ならともかく、お金取る以上。アングルも画質もオンライン用の演出もそれなりに要求されるし必要になる。そういうことを何も準備してなかったのに、あさっていきなりオンライン公演やりますとか無理じゃない？　芝居自体の面白さには自信がある。でもそれ恃《だの》みでただ舞台上を映すだけの、オンライン公演としてクオリティが低いものを配信チケット購入してくれたひとに提供するのはわたしは嫌だし反対」

感情に走るかと思いきや、意外とまともな意見をぶつけてくる。

もともとオンライン公演を想定してなかったのに今から急にそれに切り替えても劇団視聴者双方にとって満足のいく出来にするのはまず無理だろうというのは、確かにサリエロの言う通りだった。

「まあ正論だな」

花輪もそのようにうなずき、

「それだけか。やりたくない理由は」

と、重ねて問う。

サリエロはそれを否定する目つきを見せると、花輪に答えるというよりは俺達全員に向けて話す。

「コロナがあって、春の自粛期間にいろんな公演が中止になった。わたしたちも全然活動できなかった。でもなんかその影響で、普段滅多に芝居なんて映さない民放のチャンネルでも深夜に有名な演出家や役者の過去の舞台映像がときどき放送されたりもしてて。まあ見るよね、放送あるって気がつけば。で、見たらやっぱり面白いじゃん。深夜だろうがわざわざ民放で二時間使って放送するクラスだし、プロのなかでもさらに上位の奴等なんだから。演出もキレキレだし、演技も上手いし、美術もカネかかってるし。舞台上にほんとに雨が降ったりする。本物の水を使って、野外劇でもない普通の劇場なのに、何分間も雨が降って、役者も濡《ぬ》れネズミになって演技して、床がびしょびしょになって舞台前面の排水溝に流れ落ちていく。排水どうなってんだろう、どうやってんだろうって見ちゃう。どんな劇場だろうと普段は絶対そんなとこに排水溝なんて作られてませんからって。で、雨が止《や》んだあとは凝ったカッケェ衣裳着た新しい登場人物がばーんって出てくる。あ、こいつ、テレビで見たことあるおっさんだ。あ、こいつもしかしてもともと舞台俳優？　テレビのほうの俳優かと思ってたけど、見てみたら完全に舞台役者の演技だわ。主役のイケメン、ケツ出しすぎでしょ。まあでもちらっと映った客席、その主役目当てっぽいおばさん多かったからな、ケツ出しサービスシーンも必要かな。ヒロイン役の女優、テレビの子役出身なのに、え、意外、めちゃくちゃ役者してるじゃん、ていうかたぶんわたしが知らなかっただけだけど。めちゃくちゃ長台詞《ながぜりふ》。コンタだったら二十回は噛《か》んでる。ワンシーンだけしか出ない役者とかも普通に上手いし男前。モブの群舞の衣裳が頭おかしくて好き。あ、なんかいきなり照明赤くなってアメリカ国歌の替え歌が流れ出した。古代ギリシャの設定なのに。まあまあまあまあ。芝居は現代《いま》を映す鏡ですからね。え、あっ、でここで終わりなんだ。ふーん。まあ二時間経《た》ったしな。おもしろかったし、勉強になりましたー。ツイッターで感想検索して寝よっと」

なかなか要点が見えない話をここまで続けたサリエロが、そこでひとつ息を継ぎ、

「で、そういうとき、いつも思うんだよね。これナマで、劇場で見てたら絶対もっと面白かっただろうなって」

十九歳の語る言葉を全員が聞く。

「すぐとなりの席に誰か一緒に行ったメンバーがいて、そいつも自分と同じシーンで驚いたり面白がってて、役者がほんとに目の前でつばが飛んできそうな近さで演技してて、舞台の天井見上げて吊《つ》ってある照明チェックできて、後ろの席のおっさんの鼻すする音が気になって、客席に笑いが起きたとき、どこでどのあたりのどういうひとたちが笑ってるのかぼんやり感じて、劇伴《げきばん》の生ピアノがスピーカー通して流す音響とは全然違ってめちゃくちゃかっこいいしなんならピアノ弾いてるめちゃくちゃピアノが上手いだけのハゲの作曲家のおっさんに惚《ほ》れて抱かれそうになるくらい芝居にハマってるし、飲食禁止だから水も飲めないおやつもたべられない状態でただただ舞台上を見続けるしかないし、舞台上のどこを見るかは完全に自由だから主役がしゃべっているときにモブのおばさんだけをガン見してもいいし、ガン見してたらおばさんが気づいて一瞬目が合ったりするし、いや芝居中なんだから一瞬でもこっち見んなよってなるし、配信にはのせられないようなぎりぎりのネタやジョークも当たり前にあるし、場転でスタッフの黒子がさごそ動いている気配も感じられるし、それら全部が一度に、もちろん同時に起きるわけじゃないけど、劇場のなかで、その舞台の二時間やそこらのなかで全部一度に肌で五感すべてで感じて自分のなかに入ってきて、こんなおもしろい芝居が同じものはもう二度と見られないんだ繰り返し再生できないんだ自分の目に焼き付けておくしかないんだって集中と感動とさびしさがずっとラストまでつづいて」

暗く沈んだ客席、並んで席にかけた俺とサリエロに、舞台照明の余映がいくらか届く。感染症対策や社会的距離なんて考えもつかなかった時空の劇場に俺達ふたりはいて、芝居を観《み》ている。

ペアチケットのほうが安いから、ふたりで観ているのだろう。

周りには、同じく暗い客席に大勢の他人がいる。赤の他人だが皆、演劇が芝居が好きなひとたちだ。

笑いが起きる。ちょっとした社会風刺や時事ネタで笑いを取りに行くのは小劇場系ではあるあるだ。俺は笑ったが、サリエロは笑ったのかどうか。笑ったようにも思うが。ただの失笑かもしれない。いちいち確かめたりはしない。

舞台上を見つめながら、意識はどこか自分たちが次に立つ舞台のほうに向いている。衣裳を着て舞台に立ち、照明を浴び、台詞を口にし、芝居する。それはアイスリンクの上で戦うフィギュアスケート選手の物語かもしれない――

「芝居のそういうこと全部が、全部がっていうかなにもかもひっくるめてそういうものとして成立する芝居っていう演劇っていう舞台芸術が、っていうか芸術なんていうとしゃらくさいけどでもわたしにとって演劇はただのエンタメじゃないし、だからなんだろう総合人生劇場っていうかなんていうか密閉空間だけど宇宙っていうか、とにかくそれがわたしは好き。もう同じものを二度と見られない勿体《もったい》なさより、たとえ一度きりでもこれを見ることができたうれしさがそれを何十倍も上回る。良かった舞台はカーテンコールでマジで拍手するし、マジで良かった舞台は他の客もやたら立ちだしてスタンディングオベーション起きるし、アンケートも裏面まで長文書くし、帰りは絶対ファミレス寄って感想語り大会になるし」

最初に誰がつけたのか知らないサリエロというあだ名の演劇馬鹿のそんな姿は、ここにいる全員がとうに知っている。だからこそ本人もこれ以上の長話は無用と考えたのか、

「――以上、わたくし美木沙里英がオンライン公演に反対する理由を整然かつ論理的に挙げさせていただきました」

何一つ整然としていないしまったくまとまってもいないが最後だけ演説調でそう締めた。

サリエロが話し終え、全員そこまで聞いたところで、

「よし。ではオンライン配信もやめだ。全公演中止にする」

浜ちゃんのPCR検査の結果にかかわらず今回は全公演中止にすると、花輪があっさり決定を下す。

あまりにあっさり決まったので、サリエロ含め全員少し呆気《あっけ》にとられていると、「オンラインでやりたいという積極的賛成がゼロで、やりたくないという積極的反対が一票だからやらない。それだけのことだ」

あくまで多数決の原理に従っただけだということを花輪が説明する。

え、じゃあ、長々とわたしに語らせたのは一体なんだったんですかという顔つきを一瞬サリエロが見せるが、ふーん、まあいいか、やらないことになったんだし、という思惑の表情にすぐ変わり、余計なことは言わなかった。

他のメンバーも花輪の決定に不満の表情を見せる者は誰もいなかった。どこかほっとしたような、すっきりしたような、たぶんこれでよかったのだという、皆そんな顔をしていた。

さっきサリエロが語ったようなことは、ここにいる劇団員の俺達全員、多かれ少なかれ体験し、感じたことがあるものだった。全員がよく知っている事柄だった。だからこそ、俺達はいまここにいるのだし、この劇団のメンバーであり、きょうまで自分の時間のほとんどを自分の意思で芝居に費やしてきた。

劇場では舞台と客席のあいだに目に見えぬ親密さがある。それは一種の共犯関係といってもいい。生身の人間が同じ時間と空間を共有することでしか生まれ得ない何かが、そこには確実にある。目の前に演じる役者がいるから。目の前に自分たちの芝居を見つめる観客がいるから。ただの表現行為、鑑賞行為に終わらない双方向性の反応が生まれる。

オンライン配信には、しかしそれがない。

演劇のある意味一番重要な、俺達のような小劇場系の芝居ではより大きな意味を持つその部分が決定的に欠けてしまう。たとえエンタメのコンテンツとしては成立しても。

そうであれば、やらない。少なくとも今回は。

ただそれだけのことでしかないと、誰に詳しく説明されたわけでなくとも、全員があらためて納得する。

決まってしまえば、なんだか拍子抜けしたような、脱力したような物憂《ものう》い気分に襲われる。全員が納得できる答えは出たものの、喜ばしい決定ではない。

三日間の舞台で出し切るためにきょうまで充塡《じゅうてん》してきた、持て余したエネルギーの行き場がないような熱帯夜の公園に、俺達は言葉少なに立ち尽くす。

なんと脆《もろ》い環境なのだろう。俺はあらためてそう思わざるを得なかった。

やらなければいけないことはすべてわかっていたつもりだった。

この二ヵ月の準備期間、感染症予防と対策にこれだけ腐心し、日々心がけて、神経を配り、注意を払い、万全を期したつもりだったのに、それがあっさりと崩れ去ってしまった。本番の舞台が始まる直前、半日かそこら前の段階に及んで。

自粛期間が明けてからのこの夏、徐々に色々な公演が始まったりするなかで、それらの舞台が出演者やスタッフに感染者が出たことによって中止になるケースを俺達はいくつも見てきた。先月下旬の劇団四季『マンマ・ミーア！』公演の中止。一週間前の宝塚花組公演の中止。だがそれらは劇団や劇場の規模が俺達より遥かに大きかったり、規模はそれほどでなくても漏れ伝わってくる情報から明らかにコロナ対策が杜撰《ずさん》だったり、うなずける理由がどこかにあった。

全6ステージ、最後まで気を抜けない。今回はいつもの公演とは違う。それはたしかにメンバー全員の認識としてあった。しかし、これだけ気をつけていればたぶん大丈夫という油断が果たして俺達にまったくなかったかと言われれば、わからない。

不安定な、危うい状況下であることは理解していた。そのつもりだった。

でも本当は、俺達が考えるよりももっと、現実は薄氷を踏むようなものだったのだろう。いまのコロナ禍の世界で劇場を使い芝居をするというのは、湖に張った薄い氷の上を長い距離渡っていかなければならない、きっとそのようなものだったのだ。一歩間違えれば、すぐにひびが入り、割れ、凍りつくように冷たい水に足を踏み入れてしまうような——。

皮肉だった。連日記録的な猛暑で、いまも何もしていなくても汗が滲《にじ》んでくるくらい、こんな時間になってもまだ蒸し暑い真夜中なのに。俺達はこれからもおそらくまだ当分、この薄氷の上を渡っていかねば演劇を続けていくことは叶《かな》わない。

虫が飛んできたのか、ヒロさんがそれをうちわではたき落とす。その音だけが深夜の公園に響く。誰も口を開かない。

全員がしばらくそれぞれの思いとともにそうやって沈黙を噛みしめたあと、

「へいへーい、じゃあ、『4回転サイタマ』は中止&延期ってことでおまえらよろしゃす」

コンタがいきなり軽い調子で言って、

「ふっ」

おまえが仕切るなと、ヒロさんがうちわの柄のほうでコンタの脇腹《わきばら》を突き刺す。痛っと声をあげるコンタに、深夜ならではのテンションの低い笑いが起きる。

中止になったからと、いつまでも失意に暮れていても仕方ない。前を向くしかない。

と、そういういつもの空気がまた俺達に戻ってきたところで、

「まあコンタの言った通り――というわけでもないが、今回の公演は一旦《いったん》、年明けを目《め》処《ど》に延期、また会場探しから再スタートだな」

きょうからまた仕切り直しだというように花輪が告げ、全員それにうなずく。

芝居を諦《あきら》める者はいない。こんなことくらいで。

今回はコロナに負けた。でもきっと、次こそは――。

各自その思いを胸に、長いミーティングは終わった。

難しい話は全部終わったというところで、あーあ、と藤が凝り固まった身体《からだ》をほぐすように大きく伸びをして、

「バイト増やさねーとな、年明けにできるように」

「藤はあの分不相応に会費がクソ高いジム解約すればいいだけ」

「は？　じゃあおまえもデパコスとネイルとラブホ女子会をやめろ」

「はい？　じゃああなたもサバゲーと競馬《おうまさん》とミニ四駆を直ちにやめてください」

カネの無駄遣いについてひとしきり藤とサリエロがやりあう。

そのあと、ふとサリエロが真面目な顔になり、百合のほうを向いて言う。

「百合、ごめん。もし年明けも公演できなくて、それで終わったら」

年明けに予定を組んでも、また何かの事情やコロナの状況次第で、公演が打てない事態も考え得る。

そうなった場合はもう百合の卒業には間に合わない可能性が高い。

オンライン公演をやらないと決めたのは最終的に自分ひとりが反対したからだ。サリエロはそう考えて、百合にすまないと思っているのだろう。

百合がそれを汲《く》んで応《こた》える。

「そうなったときはまあ、もうしょうがないよね」

オンライン公演をやりたいってわたしも強く思っているわけじゃないから、と百合。

そのことについて気に病んだり責任を感じる必要はないというように百合はサリエロに示し、それから、

「わたしより可愛《かわい》い女の役者がいたら、代役立ててくれても構わないよ」

まあうちの舞台に出てくれるレベルの役者でそんな子いないでしょうけどとでも言いたげな、不敵な笑みを見せる。全員が笑う。

「わたしが二人いれば即解決すんのにな……」

サリエロがほざく。

「いやいや、需要が違うでしょ」

「演技力でカバーします」

「へー、じゃあ、わたしが亜弓《あゆみ》さんで、サリエロがマヤってことで」

「いや、どう見てもキャラデザ的にわたしが亜弓さんだけど」

「似てるの髪の色だけだよね」

今度は女ふたりでやりあいだす。

だがまあ確かに、百合よりも顔や見た目のいい女を近場の小劇場系の役者で見つけるのは難しいし、その部分のみでいえばサリエロも百合と張り合えるレベルにある。

顔やスタイルの良さが、役者にとって、演技力と同じくらい大きな武器であるのは言

うまでもない。舞台上で見栄《みば》えがするというのはそれだけで価値がある。

うちは女優ふたりのルックスには定評がある。女は二人しかいないが、二人とも舞台映えする。

台本を書いている俺も、女優ふたりの素材の良さには自信があるから、それを最大限活《い》かした話を書くことができる。舞台上で何を語らせ、どんな役柄の人生を生きさせるのか。

メイファンとオリエは、最後の戦い、その決着をどのようにつけるのか――。

それは台本を書いていた二ヵ月間、俺がずっと考えていたことだった。

第二幕・第四場（つづき）

オリエ　わたしはあなたとの決着をつけるために、サイタマ五輪・女子バトルフィギュアスケート最終滑走闘者《ファイナリスト》の李美芳とこのアイスリンクで最後の勝負を果たすために、ここに来た――。（両者、見つめ合う）
メイファン　（当惑の表情）でも、もう決勝戦は……オリンピックは中止になったアル。トロロのせいで。

オリエ　ええ。でもきょうのこの機会を、今大会での勝負を逃せば、決着がつく瞬間は二度と訪れないわ。わたしはもう二十四。四年後の大会に出場して勝ち進むのは現実的に考えて難しい。

メイファン　国際大会はオリンピックだけじゃないアル。世界選手権もグランプリファイナルも毎年——。

オリエ　（微笑）珍しいのね、いつも強気なあなたが。どうしたの、なにを逃げ腰になっているの？　もしかして気を遣っているの、トロロに感染しているわたしに。

メイファン　……早く病院に行ったほうがいいアル。

オリエ　そんな気遣いは無用よ。どのみち、トロロの確固とした特効薬やワクチンなんてまだ世界中のどこにも存在しないんですもの。病院に行ったところで病室のベッドをあてがわれるのが関の山。重篤《じゅうとく》化せずに癒《なお》るかどうか、あとは本人《わたし》次第。それであれば、わたしがしたいことを、すべきことを、それを希《のぞ》む場所で最後まで全うするのがわたしの人生にとっては一番の鎮痛剤《モルヒネ》になる——そうだと思わない？

コーチ　（肺のあたりを押え、まだ苦しげにうずくまったまま）君がその我欲《エゴ》を通すために誰か他人を、メイファンを感染させることになるかもしれないと

オリエ　してもーー？

コーチ　わたしが感染させる前に、すでにあなたや伯父さんから感染してしまっているかもしれない。
確かに君の言う通り、その可能性はある。しかしそれでもまだ、メイファンが感染しておらず、君が彼女に感染させてしまう可能性は残されている。それを身勝手だとは、アスリートの今後を奪うことになるかもしれない脅威を彼女に与えることが、同じアスリートとして恥ずべき行為だとは思わないのか。

オリエ　ときには感染リスクよりも優先すべきことがある。他の何よりも優先すべきことが、為《な》すべきときがある。自分の健康や命はもちろん、他の何物も顧みず戦うべきときがある。あなたもスケーターなら、それはまったく理解できない感情ではないはず。そして李美芳、彼女なら、十六歳の現役選手である彼女、バトルフィギュアスケート選手として強さと輝きの頂点にある彼女なら、わたしの胸の裡《うち》、この感情を誰よりもよくわかっているはず。

コーチ　いや、わからない！　そんなことは許されない。そんなのは、ただのーー
（激しく咳《せ》き込む。メイファンとオリエから顔を背け、そして客席に背を

向け、しばし激しく咳き込む。メイファンが駆け寄ろうとしたところで、コーチが舞台正面に向き直る。両頬に白く太い筋がペイントされ、「トロロの涙」を流している。メイファン、それに気づき、はっと驚いて足を止める）

メイファン　（悲痛な声）コーチ！

オリエ　（哀《かな》しい同類を見る目）重症化が始まったようね。

メイファン　コーチ、早く病院に行くアル！

コーチ　（駆け寄ろうとするメイファンを苦しげに制し）近寄るな、メイファン――感染《うつ》る。（激しく咳き込む）

メイファン　（焦燥に駆られた顔で立ち惑い）そんなこと言ってる場合じゃないアル！救援が来るのも待ってられないアル！　わたしが外のゾンビ全部ぶち倒して病院に連れていくアル！

オリエ　ええ、でもその前に、あなたはわたしを倒さないとこのリンクから出ることは叶わないわ、李美芳。わたしを倒さない限り、このリンクから出ることも、彼を病院に連れていくこともできない。

メイファン　（一刻の猶予《ゆうよ》もならない状況で立ちはだかる相手を疎《うと》ましげに見つめながら）オリエ――どうしてもやるつもりアルか。いま、このリンクで――。

オリエ　ええ、そう。さっきからそう言っているでしょう。彼を早く病院に連れて行きたいのなら、わたしをさっさと倒せばいい、それだけのこと。
　　――さあ、勝負よ、李美芳。

オリエ、目を閉じ、己の身をそっと抱き締めるような演技開始のポーズで静止。舞台全体が深く青い照明に変わり、オリエにスポットライト。一瞬の静寂のあと、音楽が流れ始める。同時にオリエ、静かに目を開け、ポーズをほどくと、リンクの外周を大きくすべり始める。

コーチ　（流れる音楽に）これは……！
メイファン　オリエの勝負曲アル！
コーチ　――『白鳥の湖』。

オリエ、青く物悲しい照明のなか、曲に身を委《ゆだ》ねるように優雅に美しくすべる。誰の姿も視界に入っていないかのごとく、バレエのプリマ――一羽の白鳥のように、ただ美しく踊り演技するように、メイファンの周囲を、リンクを大きく回る。

オリエ

他人《ひと》は言うかもしれない。なぜオリンピックに、三連覇にそこまで拘《こだわ》るのかと。もう十分じゃないか、二連覇したんだから。そりゃ三連覇できれば快挙だしそれは素晴らしいことだが、なにも他のいろいろなことを犠牲にしてまで頑張ることもないし、それに今回のことは仕方がない。このトロ禍のなかでは、誰もが少なからず我慢や辛抱を強いられている、それはオリンピック選手も例外ではない。だから中止もやむを得ない、理解《わか》ってくれ、君もそれは理解るだろう？　――そんなことを言う。

また、ある他人《ひと》は言うかもしれない。非常識だと。ワクチンすらまだろくにない感染症が流行している最中にオリンピックを開催するなんて正気の沙汰《さた》ではないと。こんな馬鹿《ばか》げた運動会のために国民を危険に巻き込むなんてもってのほか。愚の骨頂。対策は万全？　信用できない。即刻中止すべきだ。開催強行？　呆《あき》れた。もう知らない。そのうち地獄を見るぞ。開幕。おい、どうするんだ、感染者が増えてきてるぞ。いまさらそう簡単に中止できないだろうがな。どこまで馬鹿なんだ。そら見たことか。クラスターが発生した。だからあれほどわたしたちが言ったのに。即中止しろ。中止だ中止。メダルなんて何の価値がある。オリンピックに何の意味がある。平時ならまだその馬鹿げたお祭り騒ぎにも目をつぶってやるが、このトロロ禍では、そんなものは絶対に許されない。絶対に許さない。――そんなことを言う。

わたしは言う。新型ウイルスなんて、トロロ禍なんて、クソ食らえと。自粛要請やステイホームなんて知ったことではない。なぜオリンピックを、わたしたちアスリートの人生最大の大舞台を中止にしてしまうのか。なぜ新種の感染症というだけで萎縮《いしゅく》し自粛を強制し自重の同調圧力でオリンピックを止めてしまうのか。四年に一度のその舞台のために、この四年間、一日たりとも身体のケアを怠ることなく、わたしは他のあらゆるものを犠牲にして練習とトレーニングを重ねてきたのに。人生で一度しかオリンピックに出られない選手もいる。今回のオリンピックを逃し、メダルを獲得できるチャンスを失えば、その選手のこの後の人生、キャリアはどうなる？　野球選手やテニス選手のような高額な年俸や賞金が得られないマイナースポーツの選手がメダリストの実績を得られなければこの後の人生はどうなる？　メダリストの実績があれば監督業やコーチ職で現役引退後に食べていく道も開けるだろうに。それがすべて消える。自分の人生を、すべての時間と情熱を懸けていたものが消える。試合や競技に負けたのなら納得できる。感染症が流行しているので中止します？　二連覇していたら

コーチ　三連覇が諦められるとでも思っているのか。そんなに簡単に中止を納得できるとでも？　本気で？　くそったれ。

メイファン　（優雅にすべるオリエを異様なものを見る目で見つめて）これは——トロロに感染した彼女の錯乱した精神が言わせていることなのか、あるいはそれとも……。

オリエ　（確信を持って）違うアル。——これはオリエの本音アル。誰にも言うことが許されない、公《おおやけ》の場で口に出せば忽《たちま》ち炎上して総叩《そうだた》きに遭い、所属企業や関係各所、バトルフィギュア界全体にも悪い評判が立って迷惑をかけるから心のなかではどれだけ思っていても決して口に出すことが許されない、オリエの本音アル。
体温が三十七・五度以上あろうが試合後に倒れて意識不明で救急車で運ばれようが何に感染して何を発症しようがわたしは戦いの舞台に立つ。普通の試合であれば棄権するが、オリンピックであれば必ず出る。わたしは何度でもオリンピックに出たい。何度でもオリンピックで戦い、優勝して、金メダルが欲しい。（自分の演技にのみ没頭してすべっていたのを、ここではじめてメイファンに視線を向け）——でも、わたしはただメダルのためだけに戦っているのでもない。それがいまわたしがここにいる理由。完全に中止になったオリンピックの、観客が誰もいないアイスリンクで、スケート靴を履いている理由。もしわたしたちがこの場所で決勝を戦っていたらどちらが勝っていたのか、それが知りたい。それだけが、いまのわたしは知りたい。

メイファン　（共感を覚えないでもないという、複雑な面持ちでオリエを見つめ返す）

オリエ　あなたが右足を痛めているのは知っている。おそらく4回転アクセルを使えないことも。でもだからといって手加減はしない。

メイファン　（冷や汗を滲ませ立つ）

オリエ　御託はここまで。さあ勝負よ、李美芳。

コーチ　――来るぞ、メイファン！

メイファン　（覚悟を固めた顔つきで戦う構えをとる）

オリエ、メイファンの周囲をまわって正面に来たところで勢いを落とし、高らかにジャンプするポーズをとると身体を回転させる。

オリエ　くるっ・くるっ・くるっ。（両手を高く上げて三回まわる）

コーチ　3Lz《トリプルルッツ》。

オリエ　くるっ・くるっ・くるっ。（右手を高く上げて三回まわる）

コーチ　3T《トリプルトウループ》。

オリエ　くるっ・くるっ。（両手を高く上げて二回まわる）

コーチ　2Lo《ダブルループ》。

メイファン　からの——？（緊張を高め、迎え撃つ構えをとる）

オリエ、着氷し、攻撃に移ろうとした瞬間、激しく咳き込む。身体を折って咳き込み、堪《たま》らず両膝《りようひざ》をつく。尚《なお》も咳は止まらず、胸を押え、苦痛に喘《あえ》ぐ。そのさまを、メイファンとコーチ、ただ見つめる。

メイファン　（戦いの構えを解き）オリエ——その身体で戦うのは無理アル。

オリエ　（リンクに両手をつき、呆然《ぼうぜん》と項垂《うなだ》れる）

メイファン　コーチと一緒に、今から病院に行くアル。

オリエ　（再び立ち上がる気力も失ったかのように項垂れる）

メイファン　サイタマ五輪は——わたしたちのオリンピックはもう終わったアル。

オリエ　（わずかに顔を上げ、メイファンのほうに視線を向ける）……あなた、きょうの試合で金を取れていたら今回を最後に現役引退するつもりだったん

メイファン　でしょう？
オリエ　（ハッとして視線を伏せる。迷いの多い無言の表情）
メイファン　なぜ。もっと若い後釜《あとがま》の子に強化体制がシフトして代表枠を奪《と》られるだろうから？　これ以上おとなのからだつきになったら4回転アクセルができなくなるから？　どうしてそんなつまらない理由でさっさと物分かりよくやめてしまうの？　四年後の自分を諦めてしまうの？　四年後、あなたはまだ二十歳なのに。まだどれだけでも戦える、いくらでも金が狙《ねら》える、わたしが二度目の金メダルを手に入れた年齢なのに。
オリエ　（しばしの無言のあと）四年は長いアル。スケートも、戦うのも、大変アル。
メイファン　（その言葉の意味は誰よりもよくわかるという、無言で聞く表情）
四年後を狙うと決めたら、また毎日血のにじむような練習アル。地味な練習ときついトレーニングをひたすら毎日繰り返して、遊ぶ暇なんてないアル。里帰りも滅多にできないアルし、顔と名前の売れてる選手は絶えず世間の目に晒《さら》されて、どこに行っても他人の目が光っていて、ちょっとでも問題行動を起こしたらすぐ叩かれて、下手したらオリンピックに挑戦する資格すら簡単に失うアル。怪我《けが》や故障にいつも気をつけて、体調のケアをして、体型を維持するために食べたいものも満足に食べられず、それでいて誰にも負けない強さを作り上げる――。バトルフィギュアのためだけに、四年後のオリンピックのためだけに生きる日々がまた始まるアル。それだけやって、すべてを耐え凌《しの》いで、乗り越えて、四年後オリンピックを迎えても、また今回のように何かの理由で突然中止になって、すべてが無駄になってしまうかもしれないアル。

オリエ　そうね。――でもそれがオリンピックを、メダルを目指すということ。わたしたちに本当の意味でスポットライトが当たるのは、本番の舞台、その短い一瞬間しかない。

メイファン　……オリエはすごいアル。オリンピックに三回出るのは、それを目指して実行するのは並大抵のことじゃできないアル。

オリエ　ええ。でもそれがただ死ぬ気で努力さえすれば誰にでもできることでないのはあなたもわかっているはず。国内トップ選手になれるだけの素質と才能、実力を持った人間でないと、まずそもそもオリンピックを目指したり挑戦することは叶わない。どれだけ頑張ってもそこにすら到達できず涙を呑《の》む競技者がたくさん、数えきれないほどいる。オリンピックを、メダルを目指せるのは、全競技選手のなかのほんの一握り。そしてあなたはその

メイファン　資格を持つことを許された、才能に恵まれた、そんな数少ないひとりであるのに、十六歳の若さでもう四年後を諦めようとしている。
（迷い多き顔）まだ完全にやめると決めたわけじゃないアル。今回こんなことになって、金も取れなくて、不完全燃焼に終わって、リベンジしたい気持はあるアル。でも四年後に自分がまたオリンピックに出て、優勝できる自信もないアル——。

オリエ　そうね。四年後を目指すのなら、身体の成長に伴いいずれ4回転アクセルが跳べなくなるのなら、あなたの前にはこれまでにない、これまでとは比較にならない高く厳しい壁が立ちはだかるかもしれない。辛《つら》く苦しい戦いが待っているかもしれない。試合に出れば負けることもあるでしょう。でもそれがなんだっていうの？　引退まで一度も負けたことがない、敗北の屈辱や苦汁を嘗《な》めたことがない金メダリストなんていない。無敗のプリンセスなんてくだらない異名は早く棄《す》ててしまえばいい。そして四年後の、あなたにとって一番大きな、一番大切な戦いに勝つことを目指せばいい。

メイファン　（無言でじっとオリエの言葉に耳を傾ける）

オリエ　わたしはそうやってこの四年間戦ってきた。若い子たちから陰でおばさんだとかもう落ち目だと言われて笑われても、現役生活にしがみついて、この氷の上ですべり、戦ってきた。どうしても、他の何を犠牲にしても、このサイタマ五輪に出たかったから。金メダルがまた欲しかったから。そうして怪我を克服し、辛いリハビリに耐え、調子を上げ、代表枠を勝ち取り、このサイタマに来た。昨日の夜、あなたが右足を痛めたと知ったときは胸が高鳴った。電話口では平静を装《よそお》いながら、心のなかでは恥ずかしげもなく昂奮《こうふん》した。これで李美芳に勝つ見込みが出てきたと思った。白鳥は優雅に泳いでいるように見えて、水面下ではなりふり構わずもがいている――。それが、わたし。バトルフィギュアの女王・立花オリエ。

コーチ　メイファン、君に彼女と同じ道、同じ人生を歩めとは強制しない。まだ若い、十六歳の君にはいろいろな道が開けている。そのどれを択《えら》ぶも君次第だ。でも君にとって厳しく険しい道は、ただ辛く苦しいだけのものじゃない。その先には君にしか味わえない大きな喜びがあるはずだ。

メイファン　（「トロロの涙」を流して立ち上がることもできない、だが生きることを決して諦めないオリエとコーチを見つめ下ろして立つ）

オリエ　一度選んでそのあと変えてもいいし、やめてもいい。人生はとても自由。それはあなたひとりの、自分自身の戦い。誰に気兼ねする必要もない。好きなように行けばいい――あなたなりの、あなただけの道を。

メイファン　好きなように……。わたしの、李美芳の好きなように――。

メイファン、迷いの雲がわずかに晴れた表情。照明が元の明るさに戻り、同時に上手から複数人の人声や物音の気配。三人、そちらのほうを見る。まもなく、「大丈夫ですかー」「誰かいますかー」などの声のみ聞こえる。

コーチ　救助が来たみたいだ。
オリエ　（微笑）残念。このまま病院行きね。――決着はつかなかった。永遠に。
メイファン　（感慨深げに）サイタマ五輪がいま本当に、完全に終わったアルな――。
コーチ　俺たちは図らずも、その最期《さいご》を見届けた。
オリエ　崩壊した舞台に残り、最後の瞬間まで戦ったのが、わたしとあなた。
メイファン　夏のオリンピックは、いま、終わった。（暗転）

10

普段降りない駅は街の風景が違う。
目に入る店構え、歩いている人の顔や雰囲気もどこか少し違う気がする。

八月十三日。盆休みの初日だが街は人も車も少ない。もともとそこまで賑々《にぎにぎ》しい区域《まち》ではないというのもあるかもしれない。

盛夏の空は憎らしいくらい晴れて、溶けそうなほど暑い。猛暑日。昼間のこの時間、気温はきょうも三十七、八度まで上がるだろう。マスクが暑い。

女子受けしそうなチュロス屋を横目に駅前通りを抜けて、街路樹から降る蟬時雨《せみしぐれ》を聞きながらしばらく歩き、信号で止まって、広い道路を渡る。

閑静なマンションが建ち並ぶあたりを日盛りのなかひとり歩いて、道を折れ曲がる。横道に入って少し行くと、小ぎれいな商業店舗がまたいくつか並ぶ場所に出る。カフェ、レストラン、ダイニングバル、ヘアサロン、花屋《フローリスト》。その一隅《いちぐう》に、劇場が建っている。

区立の演劇ホール。

道路にすぐ面して建つ、それほど大きくもなくシンプルな外観なので、前を通りかかってもここが劇場だなんて気づかないひともきっといることだろう。近所に住んでいても、こんなところに劇場があるなんて知らない人間もたぶんいる。芝居や演劇に興味がなければ。

音楽も、お笑いも、ここでは行われない。演劇のためだけの小劇場。

格子《こうし》状の金属製シャッターが下ろされた正面口の前に立つ。入口のガラス扉の向こうに、明かりの落とされた無人の受付とホワイエが見える。ビニールカーテンを立てた受付の手前に、三脚にセットされたサーモグラフィーカメラ。アルコール消毒のボトル。区の新型コロナ追跡システムへの登録を促すQRコード記載の看板。ホワイエの待合用の長椅子《ながいす》には一席おきに「間隔をあけておかけください　ソーシャルディスタンスご協力お願いします」の貼《は》り紙。

普段ならスタッフが立つ受付にも、開場を待つ客が雑談を交わすホワイエにも、そのさらに向こう、ここからは見えない客席と舞台にも人影はない。

——劇団不死隊公演『4回転サイタマ』は全日程中止となりました。

入口前の掲示を俺は見つめる。

劇団ホームページとSNS上での周知、予約客へのメール連絡はすでに済ませてある。それでも公演中止に気づかず来てしまうひとがいないかなんとなく気になり、べつに俺がここにいたところでどうなるわけでもないのだが、わざわざ来てしまった。しかし要らぬ心配だったようだ。芝居を観《み》に行く客も、今の時節、常よりも気を配っているはずなのだ。本番当日だろうが何だろうが、突然中止になったりすることもあり得る、と。皆がその認識のもとに正しく行動しただけなのに、閑散とした劇場前は寂しい。

裏口にまわる。

搬入口や関係者用出入口がある劇場の裏手にまわり、そこで俺はひとりの馬鹿を見つける。

マスクをつけた十九歳の女が、真夏の普段着にでかい天使の羽根飾りつきのピンクのローラーブレードを履いた恰好《かっこう》で搬入口の前にただひとり立っていた。手に持った、おもちゃじみたミニ扇風機が汗ばんだ首元に弱い風を送り、蜂蜜色《はちみついろ》の長い髪をわずかにそよがせる。

女の軽く見上げるような視線は劇場の後姿に、その小劇場の大きな背中に注がれている。

十四時。

本当なら、初回公演の開演時間だった。

黙って劇場を見つめていた女の横顔が振り向く。こちらを、俺のことを見る。

数瞬間、ふたりとも黙って立ったあと、

「なんでいるの」

怪訝《けげん》そうに、軽く眉《まゆ》をひそめてサリエロが訊《き》く。

来ちゃだめでしょ、中止になった芝居の役者がこんなところに、とでも言いたげな、無自覚な若者の軽率な行動を咎《とが》め立てるかのようなその言い草に、

「それはこちらのせりふだが……」

中止になった芝居の役者の自覚が微塵《みじん》も認められないとの誹《そし》りを受けても仕方がない、クッピーラムネのリスみたいなキャラクターがでかでかとプリントされたサブカル臭全

開の濃い水色のマスクをしてローラーブレードを履いた不審者を眺めながら俺は応える。

何のために来たのか。

なぜこんなところにいるのか。

だがそれは、お互い今更あらためてたずねる必要もない事柄だった。

同じ理由、同じ思いが俺達ふたりを動かし、ここまで、この誰もいない劇場裏へ足を運ばせた。ただそれだけのことだった。

無駄に言葉を交わす必要もなくそれを確認すると、サリエロは肩をすくめて見せる。それはどこか自嘲《じちょう》気味、同病相憐《あいあわ》れむとでもいうような、自分たちの無意味な行動を少し呆れ笑うようでもある。無意味で、非生産的な行為を、それでも俺達はやってしまう。

「おまえ、わざわざ持って帰ってたのか、それ」

もはや日常の乗り物とでもいうように細かい動きや緩急も自在に扱いこなしている、足元のローラーブレードを示して俺が言うと、

「朝、軽くやってからここ来るつもりだったから」

試合当日のアスリートのような、自分にとっては何でもないことを語る調子でサリエロが応える。

衣裳《いしょう》と一緒に楽屋に置いて帰るのではなく、今朝、本番前の劇場に入る前にもう一度最後にどこか広い場所ですべって慣らしておきたくて、そのつもりで持ち帰っていたら

しい。

そのつもりだったのだ、昨夜、仕込みとゲネプロを終えて帰る段階では。サリエロだけでなく、俺達メンバー全員が。きょう本番の舞台の幕が開くと、そう信じていた。

だがそれは、すべてなくなってしまった。

明かりはすべて落とされ、劇場の扉は閉ざされた。

本番の舞台のために空けていた、この身体と、何の予定もない盆休みだけが俺達には残された。

顔を見せに帰ってこいとは、今年の夏に限っては実家の両親も一言も言ってこない、コロナ時代の夏休みだけが、晴れやかに暑苦しい猛暑の空気だけが俺とサリエロの周りを取り巻いている。

「コンタは？」

公演の完全中止を決めた、深夜の公園での話し合いのあとアパートの俺の部屋に一緒に帰ったコンタはどうしたのかとサリエロがたずねる。

「玲恩の部屋でゲームしてる」

朝遅めの時間に目が覚めたら隣の部屋からゲームの音が漏れ聞こえてきて、コンタもその同じゲームを最近やっているらしく、朝飯も食わずに対戦しに行ってしまった。俺がここへ来ることはコンタには言っていない。

「ふーん」

サリエロは何の興味もなさそうにうなずき、それ以上はたずねてこなかった。

沈黙がおりる。

マスクが暑い。熱気がこもり、汗ばむ。

屋外の、他に誰もいない場所なので外しても構わないはずだった。外さないまでも、口元やあごまで下げるくらいは。

だが俺もサリエロもそれをしなかった。それをしたいような素振りもサリエロは見せない。中止になった芝居の役者がいまこんなところにいるという、そのささやかな罪の意識が俺達にそれをさせないのかもしれなかった。

沈黙がつづく。

サリエロはふたたび劇場に視線を注ぐ。自分が立つはずだった舞台、舞台に立って見るはずだった客席、仲間が出番を控えて待つ舞台袖《そで》、自分の鏡の前にメイク道具を並べた楽屋。アイスリンクとその背後の観覧席を模した美術セット、吊《つ》るされた照明の灯体。それらすべてが収められた劇場の後姿を見つめる。

未練を残して死んだ役者の亡霊のようにいつまでもここにいても仕方がない、帰るぞ、と声をかけようとしかけたところで、十九歳のその横顔が振り向く。

振り向いて、俺のほうを見る。

俺のことを見て、そしてマスクに覆《おお》われた口元を動かす。

「いつから見てたアル」

俺は片眉を上げる。

無表情に見えて、なにか実体のない、形状のないものが突然ふと宿ったようなサリエロの立ち姿を見る。

相手の意図に半ば気づきながら、だが俺は一旦、尋常に返す。

「ついさっきだが」

そう応えると、しかし相手の表情は一ミリも動かない。

やめるつもりはないのだと、俺ははっきりそれを見て取る。

そのことを確認したうえで、サリエロがふたたび声を、ただの声ではない声を発する。決して大きくはない、しかしよく透《とお》る役者の発声で。

「いつから見てたアル」

搬入口の前は少し広くなっている。ローラーブレードを扱うのに不自由はない。

俺は背中のリュックを下ろすと、下に置く。そして応える。

「いつからだろう」

それは俺の、潮見康介としての言葉ではない。

この二ヵ月、何度も読み返し、口にして、相手との間合いを計り、身体に染《し》み込ませた台詞だった。

向き合って立つ。最後の場面を演じる、ただひとりの共演者と向き合う。

そして、二人だけのラストシーンが始まる。

第二幕・第五場

人けのないアイスリンク。そこにただひとり練習着ですべるメイファン。スピンやステップの練習をしながら舞台上を大きくまわってすべったあと、舞台中央で勢いを落とし、高らかにジャンプするポーズをとると身体を回転させる。

メイファン　くるっ・くるっ・くるるっ。（自分で言いながら三回半まわる）

着氷のポーズをするとまたそのまま軽くすべり、それから舞台中央に戻ってきてなめらかに止まる。ひとつ息をつき、軽く汗を拭《ぬぐ》う仕草。そしてまたすべりだそうとしたところで、ふと気配に気づき、観覧席を振り向く。雛壇《ひなだん》の上段端に半ば目を閉じて腰掛けているコーチに視線を向ける。

メイファン　いつから見てたアル。
コーチ　いつからだろう。君のコーチに就いた三年前から、かな。
メイファン　（微笑）そういう意味じゃないアル。
コーチ　（無言の微笑。そのあと）さっき跳んだのは――。
メイファン　3A《トリプルアクセル》アル。4回転アクセルはもう跳べなくなったアル。
コーチ　そうか――。
メイファン　（淡々と）いつか跳べなくなるのはわかっていたことアル。その時期が来たのが多少早いか遅いかの違いだけアル。
コーチ　（静かにうなずき、それから少し感慨深げに）もう五ヵ月も経ったんだな、あの大会から――。
メイファン　北京《ペキン》の冬は寒いアル。
コーチ　サイタマの夏は、八月の日本は暑かった。
メイファン　日本にロクな思い出がないアル。スガキヤのクリームぜんざいがおいしかったことくらいアル。
コーチ　（微笑し、そのあと）グランプリシリーズのフランス大会に出場する予定だと耳にしたが。

メイファン　出るつもりアル。勝負曲はもう決めたアル。
コーチ　そうか――。
メイファン　衣裳がかわいいアル。テンションがあがったアル。
コーチ　（微笑）今度の試合で、四年後を目指して本格再始動、か――。
メイファン　四年後のオリンピックまでバトルフィギュアを続けているかはわからないアル。でもいますぐやめるつもりはないアル。やれるところまではやると、そう決めたアル。（気負いのない表情）
コーチ　誰のためでもない、自分自身のために。
メイファン　オリエがあの日言った言葉が胸に残ったアル。北京に帰ってきてからも、ずっと。
コーチ　あの極限状態での立花オリエの言葉が、君に考えるきっかけを与えた。
メイファン　さすが人生の先輩アル。説得力があったアル。伊達《だて》にトシを食ってないアル。
コーチ　（微笑）立花オリエは競技生活はあの日を以《もっ》て引退し、いまはコメンテーターや解説者、後進の指導で忙しくしているらしい。
メイファン　またいつか、会場で顔を合わせることもあるかもしれないアル。下手な試合は見せられないアル。

コーチ　トロロウイルスの後遺症で全身の倦怠感《けんたいかん》や睡眠障害、ブレインフォグなんかがいまも残っていて、おそらく今後もそれと向き合って生活や仕事はしていかねばならないと何かで語っていたな——。

メイファン　治ったあとの後遺症も個人差が相当あるらしいアルからな——。

コーチ　世界的流行《パンデミック》は一旦、落ち着いたようだし、君が感染しなかったのは何よりの幸いだった。

メイファン　(一瞬、顔が曇り、コーチを見る。だがすぐ気を取り直して) インド娘は先月のカナダ大会で優勝したアル。後遺症も微塵も残ってないらしいアル。わたしはトロロを克服したことによって新たなチャクラが開けたとかほざいているらしいアル。

コーチ　(微笑) 四年後のライバルが元気なようで良かったな。

メイファン　インドはまだいいアル。それより、老師《ろうし》達が鍛えた吝明花《リン・ミンファ》とかいう十二歳の子供が最近強化チーム入りして4回転をぽんぽん跳んでいるらしいアル。そのうちアクセルに挑戦するらしいアル。パクリアル。名前までわたしに似ているアル。いけ好かないアル。昼休みに体育館裏に呼び出したいくらいアル。

コーチ　(微笑) だが君は、その若い子たちと四年後の代表枠を争っていかなければならない。

メイファン　(肩をすくめ)わたしはわたしのやり方でやるだけアル。

コーチ　そうだな、君は君の道を行けばいい――君がいま持てるかぎりのもので。

そして半ば目を閉じたまま、盲人用の白い杖をついて、ゆっくり観覧席を降りる。

コーチ、腰を上げる。立ち上がる際に、足元の杖《つえ》とスケート靴をそれぞれ手に取る。

メイファン　(五ヵ月前の夏に思いを馳《は》せ)サイタマ五輪があのタイミングで中止になったのもいまなら納得できるアル。コーチやオリエのようにいまも苦労しているひとを大勢生むことになる、選手と市民双方の安全が守られないオリンピックやメダルに意味なんてないアル。

コーチ　(思慮深い顔でうなずく)

メイファン　ただ、あの日、オリエがわたしたちだけに語った本音、曝《さら》け出した胸の内、アスリートとしての執念《エゴ》も、それは確かにわたしのなかにもいまも同じものがあって、消えてはいないアル。ふたつの思いがせめぎ合うとかではなく、心の底のほうに沈んで、微《かす》かに混ざり合っているアル。

コーチ　人の気持は簡単に割り切れるものではない。

メイファン　そうアルな——。難しいアルな……。

　コーチ、リンクの手前に来るとしゃがみこみ、杖を置いてスケート靴を履く。メイファン、それをただじっと見る。

メイファン　誰もが安心して戦えて、応援も野次も好きなだけ自由にできるオリンピックでわたしは金を取りたいアル。きれいごとではなく、わたしはいまそう思っているアル。

コーチ　（黙ってうなずく）

メイファン　（少し間をおいて）帰国はいつアルか。

コーチ　来週だ。治療が長引いたり何だりで随分遅れてしまったが、やっと——。

メイファン　そうアルか……。練習があるからたぶん見送りには行けないアル。

コーチ　（黙ってうなずく）

　コーチ、スケート靴に履き替えると、リンクに入る。危なげなく軽々とすべり、メイファンのそばまで行って止まる。

メイファン　(感心して) 氷の上だと、目が見えていないとはとても思えないアル。
コーチ　(微かな笑み) このリンクの距離感は身体《からだ》が覚えているからな。目をつぶっていてもすべれる。
メイファン　地上より氷の上のほうが自由な生き物アルな、スケーターは。
コーチ　(微笑《ほほえ》んでうなずき) 背が伸びたな。
メイファン　育ち盛りアル。伸びないほうがおかしいアル。伸びたら4回転アクセルが跳べなくなったアル。
コーチ　新しいコーチはどうだ。
メイファン　鬼アルが、コーチとしては悪くないアル。ただ、顔が好みじゃないアル。
コーチ　(微笑) そうか。
メイファン　あと、エロそうアル。抱いてと頼んだらすぐに抱きそうアル。
コーチ　(苦笑) そうか。
メイファン　(ふと真面目《まじめ》な顔で) なぜ抱かなかったアルか。コーチは、わたしを。あの決勝戦の——サイタマ五輪決勝の、前の晩。
コーチ　(優しい声) いまがそのときではないと思ったからだよ、メイファン。
メイファン　(真面目な顔) そのときが来たら、そうするアルか。
コーチ　そうだな、そのときが——四年後、二十歳になった君が最高の勝利を手に

するときが来たら、君を迎えに……。（しばし向き合い、無言の了解がふたりの間に充《み》ち渡る）

コーチ、ワイヤレスイヤホンを片方だけ耳につけ、もう片方をメイファンに手渡す。メイファン、それを耳につける。

コーチ　少しすべろう。

コーチ、ダンスに誘うように優雅な仕草で手を差し出す。メイファン、それに応じて軽く手を重ね合わせる。二人、軽やかにすべりだす。同時に、曲が流れ始める。音楽の流れに乗り、ゆっくりと伴走し、リンクを周る。

メイファン　これ、何の曲アルか。
コーチ　Gone with the Wind――『風と共に去りぬ』だ。
メイファン　（穏やかな表情で気持よくすべり）優雅アル。
コーチ　こういうスケートも、いいだろう。
メイファン　とても優雅で、気持がいいアル――。

手を取り合い、アイスダンスのペアのように軽やかに美しくすべる。最後に、二人で揃《そろ》って右脚を後ろに高く上げてアラベスクスパイラル。徐々に照明が暗くなっていく。曲もそれに合わせフェードアウト。完全に暗くなり、音楽も止《や》む。氷の上をすべるスケート靴の音だけが舞台に響く。その音もふいに止み――、

メイファン　くるっ・くるっ・くるっ・くるるっ。（終幕）

軽く重ねるように触れ合わせていた手を離し、揃って後ろに上げていた右脚を同じタイミングで下ろす。

最後のシーンのみ、他に誰もいない場所で二人で合わせ、それを終えて、立つ。演技を終えた直後の無表情に近い真顔でこちらを見上げていた、間近にある、生意気そうだが形の良い眼、マスクをつけた小作りの顔が、俺から視線を外す。

そこにいるのは、もうメイファンではない。

無駄に余韻に浸ることもなく、一瞬でスイッチをオフにしてサリエロは役柄の仮面を脱ぎ捨てる。はい終わり終わり、とりあえずこれで少しは気が済んだとでもいうように、

片耳にだけつけていたワイヤレスイヤホンをさっさと外し、俺に返す。

「あんたもわざわざ持って帰ってんじゃん」

ひとに言っておきながらと、俺の足元のローラーブレードに目を向けてサリエロが指摘する。

「一応、ベストは尽くしたい性分なんでな」

芝居に関してだけはと考える俺に、殊勝ですねとでもいうようにサリエロが鼻で笑う。

俺もこいつと同じで、昨日の夜にこの劇場から帰る段階ではきょうからの公演があると信じて疑わなかったので、今朝は早めに起きて最後にもう一度軽くすべり身体を慣らしておくつもりだった。

だからローラーブレードを持って帰ったのは、まあそれなりに妥当な理由があるのだが、しかしそれは公演の中止がすでに決まったきょうのこの時間にわざわざここまで持ってきた言い訳にはならない。

だがそこのところまではサリエロも突っ込んではこなかった。なぜ必要のない、この時間この場所にサリエロも来るなんてまったく思っていなかったので本来使う機会もない、荷物になるだけのローラーブレードをリュックに入れて持ってきたのか。その理由は俺自身にもよくわからなかった。推測ならできるが、俺のその内なる衝動の推測だけであれば、しかしそれは同じ役者であるこいつにもできるのかもしれなかった。だからこそ、わざわざ訊かなかったのかもしれない。

似た者同士。ただそういうことなのだろう。俺もこいつも。

「なんでキスシーン削ったの」

話を変え、サリエロがたずねる。

さっきのラストシーン、俺が書き上げた当初の台本では、メイファンとコーチがふたり一緒にしばらくすべったあと、止まり、見つめ合い、ふたり目を閉じて、そっと口づけ、そしてそのまま徐々に溶暗《フェードアウト》――という終わり方になっていたのだった。まあそれくらいわかりやすく締めてもいいかと花輪とそう話し合い、それでいく予定だったのだが、稽古《けいこ》終盤になって、あそこはやはり変えようという話になって、そこから二転三転、そうして結局、さっきサリエロとこの劇場裏でふたりだけで演じた形に最終的には落ち着いた。

「あまりにもわかりやすい濃厚接触だからな」

コロナ禍の只中《ただなか》に打つ芝居としては挑発的に映ってしまうかもしれないという、俺のその答えは、だがただの建前にすぎない。ヒロインが相手役と口づけして終わるというベタにもほどがあるラストでは美しくない、何かが違うと、俺も花輪もずっと内心考えていたのだ。

「土壇場《どたんば》でラストを変えるのは、あるあるだろ」

俺の言葉に、まあねというようにサリエロは軽くうなずき、

「せっかくあそこでなんか面白いアドリブ入れようかなと思ってたのに。尖《とが》らせた舌をコーチの耳に突き入れるとか」

と、B級映画でエイリアンが地球人の脳ミソを吸い出すときしか見たことがないような、またふざけたことをほざく。

「俺が書いた最高のラストシーンにおまえの適当なアドリブを入れるな」

こいつなら本当に6ステージのうち一回くらいはやりかねないと、俺が苦言を呈すると、

「最高？　あれが？」

笑わせてくれるというように、サリエロがこちらを見る。

「まあ、嫌いじゃないけど。及第点ってとこでしょ」

俺に視線を向け、脚本に対してだけではない意見のようにも匂《にお》わせつつ生意気な評価を下してくる主演女優に、

「ほう。だったら、おまえがあれよりも面白いと思うアドリブを今やってみろ」

さすがにその評価を笑って受け流してやる気にもなれず、俺が挑戦を突きつけると、

「OK――じゃ、目つぶって」

いともあっさり、むしろ好戦的な目つきで真っ向から俺からの挑戦を受け、サリエロ

が言う。

俺は目をつぶる。

メイファンとコーチ、ふたりでゆっくり伴走したあと、止まり、見つめ合い、目を閉じて――、というそこのところだ。

サリエロがいまからどんなアドリブをしてみせるつもりなのかは知らない。こいつという人間、サリエロという女自体がいつも予測不能、でたらめな即興のようなものだった。

ラストを変更する前、まだキスシーンが台本にあったときも、稽古中はマウスシールドをつけてやっていたので、実際に俺とこいつが演技でキスをしたという事実はない。さて、どうくるか。所詮《しょせん》、誰も見ていない場所での余興だ。こいつがどんな馬鹿《ばか》げた即興を入れてきたところで、ここには俺達ふたりしかいない。真夏の劇場裏でローラーブレードを履いた、十九歳と二十一歳の役者しか。

すぐ目の前に立ったサリエロが俺の背中に腕を回す。目を閉じたまま、俺も相手役の女の細い身体を軽く抱き寄せる。なめらかに、初々《ういうい》しく、さわやかに。まるでいま、マックス・スタイナーの音楽が舞台上で細く鳴っているかのように。当初の台本と演出通りの、稽古で演じた通りの動きだ。

と、そこで、ふいに――マスクがずり下がる。

鼻と口元が、夏の大気に晒《さら》される。

サリエロが俺のマスクに手をかけ、あごまで一気にずり下げたのだ。

呼吸がらくだと思うと同時に、露出した鼻と口元にわずかな緊張を一瞬覚える。予感のようなもの。抱き寄せた身体から、相互に伝わる何か。

そして、直後。

かすかに湿った、なまあたたかい、羽根のように軽い感触が唇にふれる。

決してはじめてではない、馴染《なじ》みのあるその感触に、俺は薄目を開ける。それから、言う。

「おい」

顔を背け気味にして、もう役に入っているときの声音ではなしに俺は問う。

「なんだ、その半乾きのウェットティッシュは」

俺の唇に軽く押し当てられていたくしゃくしゃのウェットティッシュを手にしている女に不愉快な視線を向けてたずねると、

「え、さっき駅前で買ったチュロス食べたあとに使ったやつだけど」

チュロスを食い終わったあとに口を拭《ふ》いてそのままショーパンのポケットかどこかに丸めて突っ込んでおいたものらしい。

駅前に女子受けしそうなテイクアウトのみのチュロス屋があったのを思い出す俺に、

「大丈夫。除菌できるウェットティッシュらしいから」

と、チュロスを買った店のおっさんからもらったときの受け売りをそのまま平然と口にする馬鹿。

そういう問題ではない。

「やっぱり、このご時世、濃厚接触は避けるべきだと思い直しまして」

俺の胸を軽く突いて、サリエロが身を離し、

「サリエロちゃんの華麗なアドリブ披露は中止にさせていただきました」

どうせ本当は大したアドリブを思いつかなかっただけだろうくせに、そんなことをほざく。

自分の身体の一部のようにローラーブレードを扱い、再び適切な距離、ソーシャルディスタンスを取ると、サリエロは俺を見てたずねる。

「でもちょっと十代の女のキスの味がしたでしょ?」

アップルキャラメル味、と揶揄《からか》うように感想をたずねるサリエロの言葉に、

「ああ。他人の使い古しのゴミを口に押し当てられた瞬間、おまえが食ったアップルキャラメル味のチュロスのわずかな塩気と粉砂糖の味ならしたがな」

実際はそんなものろくに感じなかったが、苛立《いらだ》ち半分、適当に言ってやる。言われたほうは軽く肩をすくめただけで、あとはもうローラーブレードで辺りをすいすいすべり

だす。

軽くフィギュアスケートの振り真似《まね》なんかをしながら、意味も目的もなくすべる女を俺は眺める。

美木沙里英。十九歳の役者馬鹿。同じ劇団の仲間。

たとえば青年の頬に手を添え運命の恋人のように見つめ合っていても、その反対の手には抜身の短剣を腰の後ろに匿《かく》し持っているかもしれない、いついかなるときも、敵とも味方ともつかない存在。

塩と砂糖。わずかな塩気があることで、シュガーの甘さが引き立つ。――それは無論、チュロスの話だ。

適当に行ったり来たり楕円《だえん》を描くようにしばらくすべっていたサリエロが、足を止める。足を止め、自分のすぐ目の前に建つ劇場を見つめる。本当なら俺達がきょうこの日に立つはずだった劇場の舞台。俺もそれを見る。

誰もいない劇場の裏手で、俺とサリエロは真夏の暑気のなかにしばし立ち尽くし、劇場という身近にあったはずの非日常の後姿を眺める。帰る前に最後もうしばらく、無言でそれを眺める。

終わった、という思いだけが薄く胸に満ち渡る。

一度も幕が上がることもなく、下ろされることもなかった舞台。

チラシのたくさん挟み込まれたパンフレットが一席おきに置かれた無人の客席。劇場に入ることすらなく、意味もなく来て、帰るだけの役者。

それが俺達の、この夏の公演。

誰に文句を言えるものでもない。誰の責任でもない。

半ば自動的に、半強制的に、世間に瀰漫《びまん》する見えない力で呆気ない幕切れを納得させられたような思いだけが残る。

この夏のことはきっと忘れないだろう。

そんなクソミソな、二〇二〇年の夏だった。

11

「わたしの夏は終わりました」

電車に揺られながら、手にしたスマホから視線をつと上げたかと思うと、妙に達観したふうな顔を作り、サリエロが控えめな大きさの声で宣言する。

昼すぎの空《す》いている車内とはいえ、このご時世、大声での会話は憚《はばか》られる。しかもその内容が何の中身もないただのくだらないおしゃべりとあれば尚更《なおさら》だ。

「俺の夏が終わってなければおまえの夏が終わろうが滅亡しようが俺は別段構わない

が」

ソーシャルディスタンスもクソもない、三十センチとなりに腰掛けてスマホをいじる俺がそう応《こた》えると、

「もうやめます？　この話」

やめた場合おまえとは二度と無駄話はしないという目でこちらを見てサリエロ。

「まあ続けてみろ」

スマホをいじりながら俺が言ってやると、

「じゃあ続けますね。わたしの夏は終わりましたし、あなたの夏も終わりました。きょうからわたしもあなたも今回の中止公演の赤字を埋めるためバイトに日夜明け暮れることになります」

と、劇団メンバー最年少の十九歳がご丁寧に説明してくれる。

「俺達全員がバイトに明け暮れる羽目になったのはおまえがオンライン公演をやりたくないと言って赤字が拡大したからじゃないのか？」

サリエロが一瞬沈黙し、無表情に近い顔で俺を見返す。それから、

「わたしの激かわチャイナコスを十代のうちに舞台で披露できなかったことだけが心残りですね……」

俺の指摘は完全にスルーして、話を逸《そ》らしてくる馬鹿。

「おまえが衣裳にうるさく注文を出した激かわチャイナコスも結構高くついたからな」

「あなた、カネの話しかできないんですか？」

自分で振っておいて、都合が悪くなると、さもしい生き物を見る憐《あわ》れみの目を向けて話を断ち切ろうとしてくる。

それ以上は言わないでやる。

だがこいつの言う通り、俺もこいつも、他のメンバーも、きょうからまたバイトに精を出す日々が始まるのは事実だった。

八月十五日。

本来なら三日間の公演最終日となるはずだったきょう、俺達は結局一度も本番の舞台に立つことなく、昼前に早々に撤収作業を行った。

浜ちゃんのＰＣＲ検査の結果は、陰性だった。昨日の晩にはそれが判明していたが、俺達はあの深夜の公園で話し合ったとおり、きょうの楽日の公演を行うことはしなかった。ただ黙々と撤収作業を行った。舞台セットをバラし、荷物をすべて搬出し、後片付けをした。俺達の足跡はすべてきれいさっぱりなくなり、小屋入りする前の状態に完全に戻して、劇場を出た。近くで遅めの昼飯を食い、解散。――確かに、俺達の夏は終わった。

そしていまは電車に揺られながら、家に帰っている。

窓の外、街の景色の上に広がる八月の青空が暑く、まぶしく目に沁《し》みる。

俺の左どなり、座席の一番端にはゼブラ柄のTシャツ、黒のショーパン、紫のサンダル姿のサリエロが陣取っていて、右どなりには五十センチほど距離を空けて赤の他人のばあさんが文庫本を読んでいる。

盆休み、昼下がりの車内は平和だった。人は多くないが、皆マスクはつけている。大きな声で話をする人間もいない。

世間的には明日の日曜までが盆休みということなのだろうが、夏休みに入った学生の俺にはそれもあまり関係がない。

今年はコロナで大学の春学期のスタートが遅れたせいで八月に入ってもまだ授業が普通にあり、盆休み直前までその課題やレポートに追われていたので、それが稽古や小屋入りともろにかぶってとにかく忙しかった。

だがそれらもすべて終わり、大学は例年より短いとはいえ夏休みに入ったし、芝居のほうもしばらくは稽古もミーティングも何もない期間になる。

バイト先の居酒屋には事情を話して公演前はいつもシフトを減らしてもらっているが、しかしきょうからはまたカネを稼がないといけない。

ただの1ステージも本番の舞台に立つことができなかったのだとしても。

また次の舞台に立つために。

二ヵ月くらい前はうちの大学は後期の授業も全面オンラインでいく予定を打ち出していたのに、それをオンラインと対面半々くらいにするという方針の変更を最近発表した。このままオンラインのみの授業を継続するのであれば休学や中退を検討している学生が相当数いることがわかったかららしい。

皆、ただ勉強をしたいだけではない。大学という場所に画面越しのやりとりだけを望んでいるわけではない。そういうことなのだろう。

サリエロが、こいつがオンライン公演をやりたくないと言ったのも、たぶんそれと同じことなのだ。

「みひろもきょう遠征から帰ってくるし、バイトも忙しくなるし、なにひとつ楽しいことなんてない――もうわたしの夏はトゥルーエンドです」

「さっき百合から、明日おまえと服買いに行ったあとカラオケに行くから来ないかと話があったが？」

トゥルーエンドの使い方が間違っている気がしないでもないがそこにはふれず、たずねると、

「女子ふたりで買い物とカラオケなんてド日常の一端。わたしが言ってる夏というのはそういうことじゃない」

そんなこともわからないのかとサリエロはこちらを見て、

「あと、あなたはカラオケに来ないでください。人数増えると密になります」

と、三密回避を中途半端《はんぱ》に心がけてクラス委員長ヅラで言ってくる。

「どうせ明日はバイトだからおまえが毎回徳永英明《とくながひであき》を歌うカラオケには行かれないが」

「壊れかけのＲａｄｉｏは全世代共通の定番夏ソングです」

同意しづらい主張は無視して、

「でも百合って、いまバイトとかしてないだろ？　それなのによく買い物に行ったりおまえと遊ぶカネがあるな」

生活費は実家からの仕送りでまかなっているにしても、どこから遊ぶカネが湧《わ》いてくるのかと、俺がその素朴な疑問を口にすると、

「そりゃ、パパからこづかいたくさんもらってるからっしょ」

何でもないことのように平然と、サリエロがそう答える。

以前、稽古帰りに見かけた、運転席に中年男、助手席に女子大生を乗せて夜の街に消えて行った黒塗りの高級車。

百合のパパ活疑惑。

あれ以来それとなく気になっていた点に、サリエロなら何か知っているかもしれないと、素朴な疑問を口にする態《てい》で軽く探りを入れてみたら、あまりにあっさり、ずばり回答が返ってきた。

「そのパパというのは、実家の福井にいるはずの、遺伝学的な意味での父親か？　それとも経済概念上の……」

まわりくどい訊き方をする俺をサリエロが胡乱《うろん》げに見返し、そこで察したらしく、冷ややかな目つきでこちらを見ると、

「百合にはパパが二人いんの」

おまえに説明する義理はないが一応教えてやるというようにサリエロが言う。

「福井にいるのは母親の再婚相手。義理の父親。で、もうひとりが百合が小学生のときに母親と別れた実の父親。その実の父親っていうのが、離婚したあとこっち出てきて始めた事業がなんかすごい成功してカネ持ってるらしくて、百合はときどき会ってごはんとか食べてこづかいせびってるんだって」

めちゃくちゃ合法的なパパ活だった。

百合さんはシロだった。

なんだ、そういうことかと、はじめて聞く百合の家庭環境に俺があっさり納得しかけたところで、

「――っていう設定かもね」

と、しかしそこでサリエロがやや意味ありげに付け足す。

俺はサリエロを見返す。

「そういう演技をわたしに見せているだけ、かも」

百合はそう話していたけどそれが本当かどうかはわからない、とたしかに都合のいい作り話と思えなくもない点についてサリエロは言明を避ける。

「わざわざ確かめたり深入りしようとも思わないし。他人の事情なんて」

「迂闊《うかつ》に足を突っ込むべきでないのは、そうだな」

そこは同意する俺に、サリエロが小ばかにしたように笑い、

「女は海ですからね」

おまえらごときには測り知れない深さを湛《たた》えているのだというように、淵《ふち》に佇《たたず》んでびびっている男連中を波間から眺めて嗤《わら》ったあと、

「わたしはもちろん清らかな泉ですけれど」

と、自分のことだけは美化してほざく。

「魚一匹棲《す》まない、不自然なくらい澄みきった毒の泉な」

俺が返す言葉に、サリエロは軽く肩だけすくめてみせる。それはそれで悪くないじゃない、とでもいうように。

たしかに、世の中にはいろんな女がいる。百合も、サリエロも、いまとなりでハーレクイン系の文庫本を読んでいるばあさんも、そのほかの無数の女たちも。

換気のために一部開けられた窓と、まばゆく暑い空、夏まっただなかのその景色を、

街中を縫って走る電車のなかから眺める。

「まあともかく、浜ちゃんが陰性だったことだけが今回は不幸中の幸いだな」

若くて持病がなければ無症状か軽症で済む場合が多いとはいっても、無論、感染しないに越したことはない。

浜ちゃんの親父《おやじ》さんも特に症状は出ていないらしいが陽性結果が出た日からひとまず現在までホテル療養をしていて、まだしばらくは家族のところには帰らないらしい。

「それはね。マジでそう」

俺との会話にもう飽きたのか、スマホをいじり始めながらそこはサリエロも真顔でうなずく。

サリエロがいじるそのスマホの写真フォルダには、衣裳さんが送ってくれたメイファンのコスチュームのデザインラフ画が保存されている。サリエロがその写真を自分でそこから消すことは決してないだろう。ときどき見返すことはあっても。

窓の外を流れていく、夏空がまぶしい街の景色に、そういったこの二ヵ月の出来事を涼しい車内であれこれ思い返したりもしながら、

「次に俺達が舞台に立つのは、果たしていつになるかな――」

そんなふうに俺が口にすると、

「それは花輪が決めることだけど、――でもまあ、台本を仕上げるのも遅ければ既読を

つけて返信するのも遅い、何事につけ腰が重いあなたと違って、わたしはもうすでに走り始めてますからね。きのうも早速、新しい動画を上げたし」

俺への嫌味を織り交ぜて、チャンネル登録者数二万人を誇る動画配信者《YouTuber》がほざく。

「どうせまたいつもの、エロめの服とアングルしか見どころがない小賢《こざか》しいゲーム実況だろ。ワンパターンすぎて飽きたわ」

実際飽きてチェックする気もしないのでろくに見ていない俺がそう言うと、

「ええ、最近そういうコメントも増えてきていたので、今回は、さらなる登録者数増加を狙《ねら》っての新機軸です」

と、自信ありげに口角を上げてサリエロ。

「わたしのチャンネルがさらに育てば、動画のなかで劇団《うち》の宣伝をさりげなく織り込んでやってあげないことも吝《やぶさ》かではありませんからね」

恩着せがましい日本語がおかしいのはさておき、ここ一、二週間は稽古が大詰めで忙しく、新しい動画を上げられていなかったが、それをまた再開させたということらしい。

「おまえが考えつく新機軸なんて所詮、高が知れてると思うが、まあ一応見てやるか」

俺がスマホを操作しかけると、だがそこで、同じくスマホをいじっていたとなりのサリエロが「あ」と小さく声を洩《も》らす。

「どうした」

横目で軽くとなりを見ると、人気動画配信者であるはずの女が軽く固まったような顔つきでスマホの画面を見下ろしている。

その時点でもう大体予想はついた。

サリエロが顔を上げ、俺のほうを向く。俺のほうを見て、そして十代最後の夏を過ごす演劇馬鹿は言う。

「アカウントが凍結されたアル」

不適切なコンテンツとして新着動画が削除され、アカウント停止までされた、そのやらかしの原因にはそれなりに心当たりがあるようだった。

——これぞまさしく、トゥルーエンド。

本書は新潮文庫のために書き下ろされた。
この作品はフィクションであり、実在の人物や団体とは無関係です。

佐藤多佳子著　サマータイム

友情、って呼ぶにはためらいがある。だから、眩しくて大切な、あの夏。広一くんとぼくと佳奈。セカイを知り始める一瞬を映した四篇。

井上靖著　夏草《なつぐさ》冬濤《ふゆなみ》（上・下）

両親と離れて暮す洪作が友達や上級生との友情の中で明るく成長する青春の姿を体験をもとに描く、『しろばんば』につづく自伝的長編。

開高健著　夏の闇

信ずべき自己を見失い、ひたすら快楽と絶望の淵にあえぐ現代人の出口なき日々——人間の《魂の地獄と救済》を描きだす純文学大作。

今野敏著　朱夏
—警視庁強行犯係・樋口顕—

妻が失踪した。樋口警部補は、所轄の氏家とともに非公式の捜査を始める。鍛えられた男たちの眼に映った誘拐容疑者、だが彼は——。

沢木耕太郎著　一瞬の夏（上・下）

非運の天才ボクサーの再起に自らの人生を賭けた男たちのドラマを〝私ノンフィクション〟の手法で描く第一回新田次郎文学賞受賞作。

城山三郎著　官僚たちの夏

国家の経済政策を決定する高級官僚たち——通産省を舞台に、政策や人事をめぐる政府・財界そして官僚内部のドラマを捉えた意欲作。

帚木蓬生著

白い夏の墓標

アメリカ留学中の細菌学者の死の謎は真夏のパリから残雪のピレネーへ、そして二十数年前の仙台へ遡る……抒情と戦慄のサスペンス。

三島由紀夫著

真夏の死

伊豆の海岸で、一瞬に義妹と二児を失った母親の内に萌した感情をめぐって、宿命の苛酷さを描き出した表題作など自選による11編。

宮尾登美子著

朱夏

まだ日本はあるのか……？　満州で迎えた敗戦。その苛酷無比の体験を熟成の筆で再現し、『櫂』『春燈』と連山をなす宮尾文学の最高峰。

道尾秀介著

向日葵の咲かない夏

終業式の日に自殺したはずのS君の声が聞こえる。「僕は殺されたんだ」。夏の冒険の結末は。最注目の新鋭作家が描く、新たな神話。

山田太一著

異人たちとの夏

山本周五郎賞受賞

あの夏、たしかに私は出逢ったのだ。懐かしい父母との団欒、心安らぐ愛の暮らしに——。感動と戦慄の都会派ファンタジー長編。

湯本香樹実著

夏の庭

—The Friends—

米ミルドレッド・バチェルダー賞受賞

死への興味から、生ける屍のような老人を「観察」し始めた少年たち。いつしか双方の間に、深く不思議な交流が生まれるのだが……。

柾木政宗著

朝比奈うさぎの謎解き錬愛術

偏狂ストーカー美少女が残念イケメン探偵への愛の〝ついで〟に殺人事件の謎を解く!? 期待の新鋭による新感覚ラブコメ本格ミステリ。

町田そのこ著

コンビニ兄弟
—テンダネス門司港こがね村店—

魔性のフェロモンを持つ名物コンビニ店長（と兄）の元には、今日も悩みを抱えた人たちがやってくる。心温まるお仕事小説登場。

青柳碧人著

猫河原家の人びと
—一家全員、名探偵—

謎と事件をこよなく愛するヘンな家族たち。私だけは普通の女子大生でいたいのに……。変人一家のユニークミステリー、ここに誕生。

葵　遼太著

処女のまま死ぬやつなんていない、みんな世の中にやられちまうからな

彼女は死んだ。でも——。とある理由で留年し、居場所がないはずの高校で、僕の毎日が変わっていく。切なさが沁みる最旬青春小説。

浅原ナオト著

今夜、もし僕が死ななければ

「死」が見える力を持った青年には、大切な誰かに訪れる未来も見えてしまう——。愛する人への想いに涙が止まらない、運命《いのち》の物語。

伊与原　新著

青ノ果テ
—花巻農芸高校地学部の夏—

僕たちは本当のことなんて1ミリも知らなかった——。東京から来た謎の転校生との自転車旅。東北の風景に青春を描くロードノベル。

王城夕紀著
青の数学

雪の日に出会った少女は、数学オリンピックを制した天才だった。数学に高校生活を賭す少年少女たちを描く、熱く切ない青春長編。

梶尾真治著
彼女は弊社の泥酔ヒロイン
—三友商事怪魔企画室—

新人ＯＬ栄子の業務はスーパーヒロイン!? 酔うと強くなる特殊能力で街を〝怪魔〟から守れ！ 痛快で愛すべきＳＦ的お仕事小説。

片岡　翔著
ひとでちゃんに殺される

怪死事件の相次ぐ呪われた教室に謎の転校生「縦島ひとで」がやって来た。悪魔のように美しい彼女の正体は!? 学園サスペンスホラー。

河野　裕著
いなくなれ、群青

11月19日午前6時42分、僕は彼女に再会した。あるはずのない出会いが平坦な高校生活を一変させる。心を穿つ新時代の青春ミステリ。

河野　裕著
さよならの言い方なんて知らない。

あなたは架見崎の住民になる権利を得ました。一通の奇妙な手紙から始まる、死と隣り合わせの青春劇。「架見崎」シリーズ、開幕。

最果タヒ著
グッドモーニング
中原中也賞受賞

見たことのない景色。知らなかった感情。新しい自分がここから始まる。女性として最年少で中原中也賞に輝いた、鮮烈なる第一詩集。

佐野徹夜著

さよなら世界の終わり

僕は死にかけると未来を見ることができる。生きづらさを抱えるすべての人へ。『君は月夜に光り輝く』著者による燦めく青春の物語。

白河三兎著

冬の朝、そっと担任を突き落とす

校舎の窓から飛び降り自殺した担任教師。追い詰めたのは、このクラスの誰？ 痛みを乗り越え成長する高校生たちの罪と贖罪の物語。

紙木織々著

それでも、あなたは回すのか

課金。ガチャ。炎上。世界の市場規模が7兆円を突破し、急成長するソーシャルゲーム業界、その内幕を描く新時代のお仕事小説。

瀬尾　順著

死に至る恋は嘘から始まる

「一週間だけ、彼女になってあげる」自称・人魚の美少女転校生・刹那《せつな》と、心を閉ざし続ける永遠《とわ》。嘘から始まる苦くて甘い恋の物語。

竹宮ゆゆこ著

心が折れた夜のプレイリスト

元カノと窓。最高に可愛い女の子とラーメン。そして……。笑って泣ける、ふしぎな日常をエモーショナル全開で綴る、最旬青春小説。

武田綾乃著

君と漕ぐ
―ながとろ高校カヌー部―

初心者の舞奈、体格と実力を備えた恵梨香、上位を目指す希衣、掛け持ちの千帆。カヌー部女子の奮闘を爽やかに描く青春部活小説。

新潮文庫最新刊

ブレイディみかこ著

ぼくはイエローで
ホワイトで、
ちょっとブルー

Yahoo!ニュース｜本屋大賞
ノンフィクション本大賞受賞

現代社会の縮図のようなぼくのスクールライフは、毎日が事件の連続。笑って、考えて、最後はホロリ。社会現象となった大ヒット作。

畠中恵著

てんげんつう

仁吉をめぐる祖母おぎんと天狗の姫の大勝負に、許嫁の於りんを襲う災難の数々。若だんなは皆のため立ち上がる。急展開の第18弾。

重松清著

ハレルヤ！

「人生の後半戦」に鬱々としていたある日、キヨシローが旅立った――。伝説の男の死が元バンド仲間五人の絆を再び繋げる感動長編。

芦沢央著

火のないところに煙は

静岡書店大賞受賞

神楽坂を舞台に怪談を書きませんか――。作家に届いた突然の依頼が、過去の怪異を呼び覚ます。ミステリと実話怪談の奇跡的融合！

伊与原新著

月まで三キロ

新田次郎文学賞受賞

わたしもまだ、やり直せるだろうか――。ままならない人生を月や雪が温かく照らし出す。科学の知が背中を押してくれる感涙の6編。

企画 新潮文庫編集部

ほんのきろく

読み終えた本の感想を書いて作る読書ノート。最後のページまで埋まったら、100冊分の思い出が詰まった特別な一冊が完成します。

イラスト　前田ミック
デザイン　川谷康久（川谷デザイン）

ニューノーマル・サマー

新潮文庫　し－90－1

令和三年七月一日発行

著者　椎《しい》名《な》寅《とら》生《お》
発行者　佐藤隆信
発行所　株式会社新潮社

郵便番号　一六二—八七一一
東京都新宿区矢来町七一
電話　編集部（〇三）三二六六—五四四〇
　　　読者係（〇三）三二六六—五一一一
https://www.shinchosha.co.jp

価格はカバーに表示してあります。

印刷・錦明印刷株式会社　製本・錦明印刷株式会社

ISBN978-4-10-180217-6 C0193